门槛·沙

门槛·沙：
埃德蒙·雅贝斯诗全集

（*1943—1988*）

[法] 埃德蒙·雅贝斯 _ 著
刘楠祺 赵四 _ 译

GUANGXI NORMAL UNIVERSITY PRESS
广西师范大学出版社
·桂林·

门槛·沙
Menkan·Sha

LE SEUIL LE SABLE
Poésies complètes 1943-1988

Translated by LIU Nanqi and ZHAO Si.
著作权合同登记号桂图登字：20-2017-214

图书在版编目（CIP）数据

门槛·沙：埃德蒙·雅贝斯诗全集：1943—1988 /（法）埃德蒙·雅贝斯著；刘楠祺，赵四译．—桂林：广西师范大学出版社，2019.11
ISBN 978-7-5598-0651-2

Ⅰ．①门… Ⅱ．①埃…②刘…③赵… Ⅲ．①诗集—法国—现代 Ⅳ．①I565.25

中国版本图书馆 CIP 数据核字（2018）第 059691 号

广西师范大学出版社出版发行
（广西桂林市五里店路 9 号　邮政编码：541004
网址：http://www.bbtpress.com）
出版人：张艺兵
全国新华书店经销
湛江南华印务有限公司印刷
（广东省湛江市霞山区绿塘路 61 号　邮政编码：524002）
开本：720 mm × 960 mm　1/16
印张：31　　字数：379 千字
2019 年 11 月第 1 版　　2019 年 11 月第 1 次印刷
印数：0 001~6 000 册　　定价：78.00 元

作者像

埃德蒙·雅贝斯，1912 年 4 月 16 日生于开罗。

1957 年，他因其犹太血统而被迫离开埃及，流亡巴黎。

1967 年，他选择加入法国国籍。

埃德蒙·雅贝斯自幼受到法国文学的熏陶，很年轻时便开始写诗。1935 年，他在巴黎与通信多年、曾给予他诸多建议和指点的诗人马克斯·雅各布[①]第一次见面。他与超现实主义诗人群体往来密切，但拒绝加入他们的团体。

1959 年，埃德蒙·雅贝斯出版诗集《我构筑我的家园》，收录了他 1943—1957 年间的诗作。

他曾说，“那是我唯一的诗体书”。但后来他又创作了《叙事》

---

① 马克斯·雅各布（Max Jacob，1876—1944），法国诗人、散文家和画家，犹太人，埃德蒙·雅贝斯的良师益友，其诗歌兼具立体主义和超现实主义色彩，且有人性和神秘主义倾向，在 20 世纪初法国现代诗歌探索阶段曾发挥重要作用。1944 年死于纳粹集中营。

（1979年）和短诗合集《记忆和手》（1974—1980）以及其他一些诗作。1990年，他将《我构筑我的家园》以及此后的几部诗集辑为诗全集《门槛·沙》与读者见面。

《门槛·沙》收录了埃德蒙·雅贝斯1943—1988年这四十五年间创作的诗歌，是目前所知其全部诗作。

埃德蒙·雅贝斯在法国和国外更为人所知的，是他创作了一系列风格独特且难以归类的作品——“问题之书系列”，共十五卷，并已译成多种文字出版。这些作品分别是：《问题之书》（七卷）、《相似之书》（三卷）、《界限之书》（四卷）和《腋下夹着一本袖珍书的异乡人》（一卷）。

埃德蒙·雅贝斯于1970年获法国文学批评奖，1982年获法国犹太文化基金会艺术、文学和科学奖，1987年获法国国家诗歌大奖，并于1983年、1987年分别获意大利帕索里尼奖和西塔泰拉奖。

埃德蒙·雅贝斯于1991年1月2日在巴黎逝世。

时间是由回忆或记忆缔造的吗？我们深知，我们每个人都在制造各自的回忆。然而还有另一种记忆，它比回忆更古老，它与语言、音乐、声音、喧响和沉默紧密相连：经由一个手势、一句话语、一声哭喊、一阵痛楚或一时欢乐、一个形象、一次事件，这一记忆被唤醒。那是世世代代沉睡在我们身体里的记忆，它存在于创造的核心。

埃·雅

序一：《我构筑我的家园·序》

[法] 加布里埃尔·布努尔[①]

埃德蒙·雅贝斯的作品中，诗之意愿承担起了全部生命的意义与心灵的承诺。对他而言，生活若无诗意，就失去了目标，丧失了空间，断绝了出路，没有了空气，缺少了平静。在他看来，只有经由我们的“语词处理器”（借用亨利·米肖[②]的说法）生成这些文字后，现实才有价值，才可信。但更正确的说法应当是：正是这位语词魔术师一样的诗人在其指尖上“呼唤”、召集和驱使着这些由字母组成的字词，正是他让这些字词振翅翱翔。

*

一切都从他爱上马克斯·雅各布的诗开始。年轻时，万般苦恼的他

① 加布里埃尔·布努尔（Gabriel Bounoure，1886—1969）法国诗人、哲学家，雅贝斯的好友。

② 亨利·米肖（Henri Michaux，1899—1984），法国诗人、画家，原籍比利时，1955 年成为法国公民。亨利·米肖的诗歌和绘画直接呈现出个体的潜意识与神话原型，语言不再是表达或修饰的工具，而成为映射另一种维度存在的镜子。1965 年他获得法国国家文学大奖，但拒绝领奖。

感受到了这些诗的魔力，而外行读者读到这些漂亮且无序的诗句只会发笑。他深爱着这些游戏般的诗句，它们虽语句错乱，却让他痛感到某种缺席的**真实**，而我们本以为这种真实只能栖息水底，栖息灵魂中。除非这位盖尔人莫尔万[1]能神奇而嘲讽地把这一“真实”归还并引荐给排斥真实的意象。心怀凄怆的马克斯·雅各布心里十分清楚，尘世间的一切无非是讽喻的夸张——自从不再是原人亚当[2]以后，人只能是一出滑稽大戏中无人问津的哑角——因古老的错误而从真实中流亡的语词，充其量也只能是一些身挂铃铛的木偶。甚至就像我们的笑只能是傻笑一样，我们的祈祷也无非是东施效颦。于是这位圣 - 伯努瓦[3]式的忏悔者走入假象，他操着门房和尤素福先生[4]的腔调，勤勉搜集着类似的嘲讽语词——直至某天他从农夫和水手口中听到了一首至为清纯、韵律优美的歌，他才如醍醐灌顶，终于领悟到语词和语言之间的那种不解之缘。因为只有对比有所隐瞒的真实时才会有模仿；只有参照某种尚未毁坏的形式时才会有讽刺；只有对比萦绕着某种真实语词的语词时才会有虚幻的语词——而我们置身于这个狭隘的商业王国边缘，在俚俗的街谈巷议中，真实的语词会曲高和寡。

---

① 盖尔人莫尔万（Morven le Gaëlique），马克斯·雅各布的笔名之一。

② 原人亚当（Adam Kadmon），按照希伯来圣经和犹太教神秘教义“喀巴拉”的解释，亚当是上帝创造的第一个人，是神按照自己的形象用尘土造出的有灵的活人，因此在人尚未堕落以前，神与人原本是同体的。“原人亚当”即指人堕落以前的一种完满境界。

③ 圣 - 伯努瓦（Saint-Benoît，约 480—547），即圣本笃（Saint Benoît de Nursie，拉丁语为 Sanctus Benedictus de Nursia），著名的天主教教士、圣徒，本笃会的创建者，被天主教和东正教视为西方修道院制度的创立者。

④ 尤素福先生（M. Youssouf），人名，对应法语中的“约瑟夫”（Joseph），源自希伯来语的 יוֹסֵף，意即“上帝会考虑增加的”。此处泛指普通百姓。

埃德蒙·雅贝斯在这轮恹恹黑日中阅读着马克斯·雅各布，这种恹恹之虚无的压力，奈瓦尔[①]在东方旅行时也曾领教过。他对坎佩尔[②]的吟游诗人们渴望为诗歌“定位”深信不疑，也就是说，他坚信纯正与真实的空间里有他的一席之地。埃德蒙·雅贝斯清醒地意识到，远行中必须有所为，才能使粗鄙虚幻的词语蜕变为真实的话语。他迷恋诗，就像别人迷恋某种孤独、怪异、漂泊一样——就像别人迷恋一句奖励失眠、“满足汗水”的话语一样。诗不应仅仅抗议滥用语言，更应通过抑扬顿挫让某种光影、某种疯狂渗透进来，并把语言引向智慧那炫目的秀发。同时，他还必须经过漫长的个人苦修并隐忍忘却无数的讪笑，方能最终步入超拔于世间万物自然奇观的那个神奇之物统治的王国，无人能谈及这神奇之物，除非它自己与我们的心灵处于同一高度。马克斯·雅各布之所以要打破固有的语言逻辑，就是要在这种荒谬的语词之下发出真实的呐喊。埃德蒙·雅贝斯早就注意到《世界之壳》[③]尚不足凭，他还必须另辟蹊径直抵内心。在其作品中，精益求精的睿智始终与诗歌创意的纯真携手。他渴望能在“衔哀”的道路尽头，攀上

> 知夜的路灯[④]。

---

① 奈瓦尔（Gérard de Nerval，1808—1855），法国象征主义和超现实主义诗人、作家，本名钱拉·拉布吕尼（Gérard Labrunie），曾远游埃及和君士坦丁堡等地，于1851年写成《东方游记》。

② 坎佩尔（Quimper），法国西北部布列塔尼大区的一个市镇。

③ 《世界之壳》（*L'écorce du monde*）是《我构筑我的家园》中的一辑诗，作于1953—1954年。

④ 语出《世界之壳》辑之《悼亡诗二首——怀念保罗·艾吕雅》（*Deux poèmes de l'amitié en deuil: À Paul Éluard In Memoriam*）：“道路衔哀 / 路灯知夜……”。

从开始迈向现代诗歌语言的仙人掌那几步起，他就企盼着金色的欢乐中会升腾起某种真实的话语。

热衷于研究历史上罕见异同的学人们在看到这些诗人的探索精神与精神分析学家的研究意图殊途同归时会深感震撼，因为二者都指望将一团团谬误和惨遭荼毒的话语改造成可以疗疾救命的真实话语。埃德蒙·雅贝斯甚至曾厉声苛求过要“赤裸着走向那个男人”。按他的理解，诗是一种语言，它徘徊于音素的泥潭、枝叶的思维和贝壳的痛苦中，为的全都是最终能够“扯牢”那拟人的河岸。诗首先是、应当是狮子的语言、牛的语言和鹰的语言，而最终形成于人的语言。

*

埃德蒙·雅贝斯在充满厌倦的沉默中徘徊。他在目力可及的地平线尽头迷失于苦恼的荒丘，他寻觅着某个陌生的、或更逼肖本人的人，他追踪着某个双重不确定的事物，那是有关他这个人唯一和真实的文本。

我在寻找
一个我不认识的男人，
从我开始找寻他
他便再也绝不是我自己。①

① 诗句出自《为食人妖的盛筵而歌》辑之《陌生男人之歌》（*Chanson de l'étranger*）。

他在人烟最稠密且芜杂的都市中追寻依旧，而这些荒漠的空间早已延展到他家门口。作为“卖给了风”的漂泊者和陌生人，周遭都令他痛苦不堪。入夜，死去的荒漠骑士们在城市宽阔的街道上疾驰而过，而这位诗人也气喘吁吁地跟随在

一个活着就有错的世界里。[1]

世界之外，如此多的孤独和奔波迫使他去探索那些隐形之物；但这些隐形之物变幻无常，“以退为进”；于是，经过加工、组合和相互置换的语词便显现为唯一的解决方案和唯一的途径。书写可以被理解，也可以超然物外。至少会有诗的语言带来感知的对象，尽管这语言是在冒险且可能因失掉罗盘而迷路或只能屡屡在误解中逆流而上。雅贝斯正是在迟缓而忧伤的面具下进行着这种卓绝的探索。他迈着苍鹭般的脚步徘徊在迅速消亡的湖畔，而这些湖畔的蜃景曾被我们滥用。奇幻的荒漠让他着迷，让他酷爱的语词着迷，他竟想用此种神奇来构筑他的家园。有如沙尘暴带来的幻象，他的狂热令鲜血之花飞舞，化作女人和少女们的着装。疲惫的记忆中，形式消散了。在古老东方上千年修炼出来的微妙厌倦面前，现实中某种尚待定型的虚幻景观正在生成。

在此生死之境中处于离奇的中间状态的都市里，埃德蒙·雅贝斯的熟人不时会看到他冗长的沉默被瞬间爆发的滑稽模仿打破，在那儿，诙

① 语出《拱顶门》辑之《隐形的我们》(*Nous sommes invisibles*)，“我睡在一个活着 / 就有错的世界里……”。

谐的食人妖夸张而挑衅地模仿着人类可笑的生存状况。但很快一切又重归岑寂，再也无从触摸，挚爱的女人又重归秀发中，她的秀发又重归粟粒中，重归沙砾中，只有诗人与他的歌独存，在那儿，语词进行着个体冒险，它们同为意象之仆，是狂热扩张或谜般解体的奴隶。

因为有如此坚忍的耐力和天生谨严的廉耻心，埃德蒙·雅贝斯觉得自己始终能与自己那颗伤痕累累的心坦诚相对：他从痛苦的元素和万物脸上描摹的死亡中所提取之物被他的肃穆所遮掩。他请求水“为绝望这位羸瘦的、让屋顶和街道喋血的王子解渴”。正因为有如此“脆弱的心”，敏感之上再加之始终箭伤之痕累累，埃德蒙·雅贝斯自认为与马多莱尔修士[①]的诙谐风格相去甚远，就像与挑战或歇斯底里的超现实主义格格不入一样。创作过程中有某物始终有待赎回，而诗就是其救赎。“人们对一株玫瑰无能为力。”但还可以为这株玫瑰做许多事：把它从暴风雨中赎回，从时光的摧残中赎回，从黑夜中赎回。诗人的使命就是语不惊人死不休。迫不得已时，为不言说而言说并非为了打破沉默的宿命，也不是为了营建沟通的磁场——只为了能够言说出知识所迷惘之事，言说出重于一切、又与一切同样重要的事情。语言的这种悖论就在于，趁每个语词造成的点滴虚无之机，它早已为人类抵御虚无准备就绪。

*

① 马多莱尔修士（Frère Matorel），马克斯·雅各布于1911年创作并题献给毕加索的小说《圣马多莱尔》（*Saint Matorel*）中的人物。

我认为喀巴拉[①]的天使们就栖身在埃德蒙·雅贝斯意欲在荒漠边缘构筑的那个诗的家园里。火焰天使努里埃尔和光明天使乌里埃尔住在那儿，他们正在传授诗人使用的语词，即便是诗人从他们自己的时代里借用的也未尝不可，因为那些语词的神秘涵义正是安德烈·布勒东[②]要求在超现实主义意象中使用的。在这所家园的空气门槛上，我还见过纯洁天使塔哈里埃尔，见过拯救天使帕塔埃尔，尤其见过那位秘密天使和智慧的最高使者拉齐埃尔进进出出。诗性的智慧是隐性的智慧，在沉默的回声中应该让这种智慧完全释放。

诗人构筑家园所用的那些有生命的石头取自面向心灵的多地带、多纬度开放的矿山。这位行家里手首先在那些民间的、抒情的、流行的和叠句范式基础上创作出有韵律的歌，这些飞翔中的歌让孤傲的诗人懂得了诗应当面向所有的人，因为它是普世的逻各斯之女。其次是那些螺旋状或循环状的诗，这些诗不时地环绕着一个晦涩、复杂、回环的题材，但让我们明显感受到其完美性，即诗意的表达具象化了。还有那些不断生发于自身的推论，它们在众多声音中盘旋——这些论述藉词汇自我繁殖的能力彼此相连又接力传播。事实上，语词具有隐性自我繁殖的特异功能；它们像根一样依照其非凡的趋向性向四处蔓延并“留痕”，而诗人本人在其中并非总是关键。语词就是这样在心灵的沃土上耕耘，如苜

---

① 喀巴拉（La Kabbale），希伯来文“קבלה”的音译，意为“接受传授之教义”，表示接受根据传说传递下来的重要知识。自13世纪以后泛指一切犹太教神秘主义体系及其派别与传统。

② 安德烈·布勒东（André Breton，1896—1966），法国诗人、评论家，超现实主义创始人之一。超现实主义者们追求自由想象，摆脱传统美学的束缚，将梦幻和冲动引入日常生活，以创造一种新的现实。弗洛伊德关于潜意识的理论对布勒东的创作有重要影响。

蓿的根深深扎进板结的土壤。思想听凭词语所为：它认可语词的主动性及其辛勤耕耘，并对语词充满期待。因为那正是诗的农事诗。

埃德蒙·雅贝斯对语词的态度是奇特的。这个稳重、沉默的人对语词的放肆、厚颜和轻率抱有戒心，可又松开了语词脖子上的链子。语词出现的地方，荒漠终结了，迦南地[①]开始了。于是，诗人允诺让它们“获得权利”。但他时刻提防语言崇拜的风险。诗归属于《圣经》，无论形象如何，无论言语有何结构，都必须纵深直入其传统的轴向，因为漂泊中同样需要我们注重外在形式。埃德蒙·雅贝斯对语词的形态、音节的匹配、文字臃肿或优雅与否以及语词受困而畸形等都极为敏感。“孩子们的习字簿满是奇形怪状的创造物，这种残疾大多起因于拼写的错误。”种种意外可能会影响语词的外观，却动摇不了诗人对这些语词深层生命的观察。据说古老的东方关于文字及其能量的思辨（使用毛笔乃其神奇且虔敬之术）始终驻留在《墨之声》[②]的作者那疑惑且苦涩的意识中。他知道书写和发音伊始，某种疯狂、叛逆、性感、神秘的生命便随之而来。在辅音构思出的阳刚字词结构中糅入阴柔元音那精致善变和细腻入微的色彩。于是语词有若我们有了性别，也像我们一样成了逻各斯的一部分。像我们一样，它们寻找着能够体现自我的真实王国；它们的叛逆，它们的忧伤，它们的亲和力以及它们的意愿被像我们一样的雌雄同体的原始

---

① 迦南地（Chanaan），古代地区名，大致相当于今以色列、约旦河西岸和加沙地区及临近的黎巴嫩和叙利亚的临海部分。据说亚伯拉罕得到上帝耶和华的指示，率其部族由原聚居地美索不达米亚的乌尔迁入当时地中海东岸一块叫作“迦南”的地方。据《圣经·旧约》记载，这是一块“流着奶和蜜”的土地。迦南原来的居民称这批从东边越河而来的人为“希伯来”，意即“越河者”。

② 《墨之声》（*La Voix d'encre*）是《我构筑我的家园》中的一辑诗，作于 1949 年。

意象所磁化。它们为一种更高尚的爱所驱使，而诗人则强化了所有这些选择和反弹，并为其提供了戏剧化和音乐化的解决方案：诗为它们开启了冒险和奇迹之旅。

*

“我亏欠语词我的不安。对它们的问题我有问必答，那些问题也是我正在燃烧的追问。”信仰的渴望，求真的意志，化作了这位诗人前行的内在动力。他的诗弥散出他特有的智慧，特有的风格。格言化的语句构成了他的写作特色，那是他在下潜影翳洞窟和登顶光明山脊并修正意象轨迹后的重新回归。

火陷落幢幢屋宇 为他自己
人可没有要求如许多暖热[1]

意象经历了骤然降温后，清晰的思想会努力回暖。真实的心灵将明亮的中心点与智慧置于同一水平，它永远不会披上抽象观念的空洞外衣：因为这些抽象的观念总依从于故弄玄虚的程序或粗浅的逻辑。同时，诗的世界在秘密劳作中总会蓦然现身，藉此诗的世界，“语词”在元素畸变的区域内“留痕”。解救之光有如夜的女儿：它来自黑夜又回归黑夜。“从夜到夜。”而当意象那星星的秀发掠过、瞬间撕开“丝绒的帷幔那奥

① 诗句出自《世界之壳》辑之《世界的变形》(*La métamorphose du monde*)。

秘的眼皮”时，窗牖虽在，却已不同旧时。埃德蒙·雅贝斯说过，“我总是误将自己的指尖当作她秀发的起点”。幽幽微光在“符号之夜”里闪烁，使其揭示出的一切又尽显朦胧。

一九五七年

序二：与雅贝斯同在

[法] 安德烈 · 维尔泰[1]

若非满目皆荒漠，

花树依旧为之歌。[2]

——埃德蒙 • 雅贝斯

荒漠之源在圣书里。[3]

圣书之源在荒漠中。

书写，献给沙和赤裸的光。

---

① 安德烈 · 维尔泰（André Velter，1945—），法国诗人和文学评论家，其诗歌已被译成三十余种语言出版，并多次获得各种文学大奖。本诗选自其诗集《孤树》（*L'Arbre-Seul*），法国伽利玛出版社，1990，第 150 页。

② 引自埃德蒙 · 雅贝斯诗《总是这个形象……》（*Toujours cette image...*）。

③ 圣书（le Livre），即《圣经》。

话语，萦绕着孤寂与虚空。

遗忘的指间，是某种深邃记忆的

　　回声。

创造出的手，探索着，涂抹着。

当绒蓟死去，声音消融。

迂回再无踪影。

在你影子的垂落中，你聆听。

在你在场的符号里，你怀疑。

在你缺席的门槛上，你目视神凝。

再也没有了难解之谜。

荒漠之源就在你的心中。

目　录

第一卷　门　槛

第一卷

门　槛

越过这一道门槛。

这最初的哀伤啊。

如何通过从沉默到书写的路径？有时，书写的震颤会将其揭示；这震颤来自聆听，终极的和远古的聆听，它在某处改变了语言和思想的走向。然而奇迹正在于，语言不仅远未受损，反而愈形丰富。

我构筑我的家园

（1943—1957）

要把她指给你们看，才能让你们承认这个众所周知的事实吗？不管你们是否见过她，重要的是你们必须相信她，承认她，肯定她，并向她发誓和保护她。

——《堂吉诃德》

献给阿莱特

阿莱特（Arlette Cohen，1914—1992），埃德蒙·雅贝斯的妻子，二人于1929年相识，1935年在开罗结婚。

井水

(*1955*)

从井中汲水。给
渴片刻
纾解；予手
施救的机会。

*

睫毛的夜。为人所见。
物为手而闪光。
喧闹喧嚷着喧声。
水环切记忆。

*

期限。世界诞生前。
忧虑被撇开。
冒险思实于
火之梦的丧钟。

*

我是。我曾是。连接点，
野兽们的长卷宗。

我看见，将看见。树的
信念在果实中。

*

粉笔的日子。石板
和头生畜一起抽搐。
词语比符号命长。
风景比墨水久远。

*

条条道路。无限。
脸的馈赠。
给四季，皱纹。
予土地，大川。

缺席的场域

（*1956*）

一

无主之地，沉迷的纸页。

居所是暗无天日的矿井巷道里
一次冗长的失眠。

我的日子是根的日子，
爱之轭备受揄扬。

天空总要跨越，而
前景靠新夜哺育。

我哀伤的步履在墙壁间
走出晦暗光中的一片飞地。

大地浸渍于
远行的幻梦中。

二

我拆卸有条不紊的
钟寻找神谕。

三

梦想自己是晨曦之姐妹的舞女们，
伴着奇迹的遗忘跳起华尔兹吧，
旋动起洒满阳光的裙裾。

道路绝不怜悯那些拐进
岔道的人。守财奴无同伴。

四

（但时间仍有待降生，在边境时刻当那沙漠之隼统治着无数惊恐的眼睛。）

五

什么样的永恒之誓言
从那人的劳作中抓住还醒着的他？

六

夜之外的大地，太阳从冥想
和怀疑的荆刺中拧转出来。

花朵们列队展示技艺精湛的率真。花茎
效仿空间超卓的女冒险家。

蜜汁在石头间流淌
这水泥将黏合彼此。

七

枝丫四周，世界戏仿它的饥饿。
千呼万唤，求芬芳的神祇种下
一树，再以一轮魔法使它俯身。

人已将树液
整编。年轮再无价值。

我的奥秘是座座果园。
神秘中绝无戏法。

我的爱，发间的一朵玫瑰，
男人的讯息，大地的讯息。

为食人妖的盛筵而歌

(*1943—1945*)

怀念马克斯·雅各布

……因为在独自忍受不幸与死亡的最血腥的时刻，或许会有一支与童年紧紧相连的歌。

为黑色之王而歌

你认识黑色之王吗？
他
怀揣利剑，鲜花满抱。

你认识他的姐妹吗？

头一个唤醒疾风，
秀发飞扬，纤臂高举。

第二个托起大洋：
年逾百岁。

第三个是只小鼠，
王将其挂上
儿子的绶带。

三十个眼红的王子，
某日清早，
谋弑了君王。

这便是黑色之王马拉库

悲惨的故事，

他的心头

蹲踞三个哭泣的幽灵。

无题之歌

—— 献给加比和雷蒙 · 阿格依奥[①]

自从有这故事

鸟儿生出四翼

新娘戴上戒指

潮汐捧出花束

岩石吐露舌头

喋喋不休，喋喋不休……

自从有这一夜

墙壁长出四檐

忧愁披上外套

美丽垒巢筑窝

---

① 加比 · 阿格依奥（Gaby Aghion，1921—2014），法国时装设计大师，著名时尚品牌珂洛艾伊（Chloé）的创始人，生于埃及，1945 年与雷蒙 · 阿格依奥（Raymond Aghion，1921—2009）结婚后迁居巴黎。

卧床升起桅杆
扬帆远航，扬帆远航……

自从有这海难
大海延展四臂
老鼠悉数告辞
珍珠变为匕首
天空化作巾帕
泪落其中，泪落其中……

为三个惊愕的死者而歌

我们曾是三个死者
不知因何来到
这敞开的墓穴。
最年长的说："好美！"
另一个说："太热……"
而我几乎刚刚醒来，
能说的只是：
"已然？"
我们曾是三个幽灵

无唇，无颈
因为缺梦
笑声掖在
腋下。
一个少女
还原为夜
与我们做伴。

三场暴风雨之歌

三株玫瑰，三只蝎子
寻找一枚泡沫的窝。
玫瑰打破窝。
蝎子偷泡沫。

三株玫瑰，三只蝎子
或者还有一只白鹭。
玫瑰许配蝎子
白鹭嫁与风。

三株玫瑰，这片荒漠。

三只蝎子，这道闪电。

我们是否驾上风

乘大洋，旅行到永恒？

三株玫瑰，三轮明月

孤寂天地伫立。

一道帷幔，缘何绿？

笔下多少死者漫游在大地。

为一个撕碎的画面而歌

窗后，遗忘的哀伤之窗，

有过，有过，

有过一个人

遥望向远方。

窗后，道路的哀伤之窗，

有过，有过，

有过一张脸

制造摧杀的画面。

你没在看我。

你从未见过我。

你知道尽管如此你仍使我欣喜。

窗后，亲吻的哀伤之窗，

有过，有过，

有过一个女奴

将岁月编结。

你有我情人的笑容。

你的芬芳属那晨曦。

我摹写你的唇吻。

窗后，花园的哀伤之窗，

有过，有过，

有过一个死去的女人

为清晨加冕。

为我的读者而歌

读者啊，这部歌集里，你找不到我最爱的歌。它藏身他处，藏于你眼睫上投下光芒的风中。那吹拂的一瞥啊……一旦你睡着，必会听到我的歌。

我并非黑夜的领唱者。我在你的笑里，是你的笑声；在你的哭泣里，是讶异你泪水的胡蜂。世界的全部汁液在你的唇上。一旦你醒来，必会唱起我的歌……

为我的歌起歌落而歌

因为我的歌早起若此，多少次，一个从天上落下来的少女和清晨一道慌乱讶异。她不知自己要去往哪里。蜜蜂让她惊奇而花朵引领她的脚步。风吹进她手中。挣脱太阳后，多少次，一个饰着群鸟花环的少女与夜晚一道讶异惊慌。她不知自己在等待谁。路上有她循踪跟随的血迹，她的目光中有那么多哭喊，因为我的歌晚睡若此。

为清澈之水而作的短歌

一个巨人摘星星。他有着燃烧的双手。一个侏儒钓星星。他有着结冰的双手。一直干到清晨他们才转身离去；因为一个把水点燃时，另一个把它熄灭。

半路上的歌

曾有三个小姑娘
开颜咧嘴笑
小男生们一直
一旁吹口哨。
树上有只鸟
水中有条鱼：
它们在那块没人爱的
服了气的
瞎眼石头上
画出几个大记号。

曾有三个小姑娘
撇嘴把泪抹
小男生们在一旁
忙着把肩耸。
路上有块石头
树上有只苹果：
它们给飞在天上的鸟儿
沉在海底
睡着的鱼
画上几个大记号。

为我忠实的墨水而歌

你若是绿色的，便可能是树的眼泪。

你若是蓝色的，便可能是风的基石。

可你就是我，于是我们一同孕育出素朴的城堡。每个城堡里都有一位不幸的公主被我解救。每张纸页里都有一个爱人，她正是我之永爱。

你若是白色的，便可能化为明眸。

你若是红色的，便可能是火的恋人。

黑色，你是属于我的能力，我们共造骇世奇迹。

为永恒之歌而作的短歌

古堡唯有借行吟诗人之手才能久立。古提琴上，手弹奏着我忠实的歌。别怕，神秘的公主，这是白昼。一枝红玫瑰守护你醒来：那是太阳。有人说，它虽遥远，却令花园万紫千红。

为我的爱醒来而歌[①]

水波的边缘
是一个浪头。
浪的锋刃里
有一块礁石。
礁石的边缘
是那片沙滩。
我的爱啊，我的爱。

沙滩的尽头
是那条小街。
小街的近旁
是那片草坪。
草坪的彼端
是你的窗扉。
我的爱啊，我的爱。

在你的窗沿
有一只鹰。

---

① 本诗1959年《我构筑我的家园》初版时曾收录在内，但1975年再版时未再辑入。现据安东尼·鲁道夫（Anthony Rudolf）英译本译出，原载《墨水的分享》（*A Share of Ink*），伦敦：梅纳出版社，1979，第12页。

鹰飞不见处

是那颗星。

星光的终点

是清晨。

我的爱啊，我的爱。

为一个爱的传奇而作的短歌

英俊的骑手在泉边驻足并从溺水公主的唇上啜饮。好仙女们，闪开吧！背叛的石头屏息敛气。水不再被爱，而是一张揉皱的床，和其下，两只拖鞋。

为一位赤裸的恋人而歌

一个枕着秀发的

忧伤女人。

一个颔首抵肩的

脸红女人。

这是一个赤裸的女人。
你显示给她你的名字。

我那勇敢的被囚的
痛苦，站起来。

我路遇的一个女人。
你显示给她你的脸。

我在找寻你，她回答。

一个透明的
女人
倚着
灯。

一个偃卧的
女人
天空在她身上
做梦。

一个沉沉睡去的
女人

你在她身上
独行。

一个重生了的
女人
大地为她
翻转。

一个陌生的
女人
双手被孽果
啃蚀。

为你而歌

我不会停止歌唱
钟与钟的无声相遇，
香榻的无形扶手，
样貌无别鸟群的成片骤降，
永恒之镜的震颤不息。

我不会停止歌唱
唇吻上的红色伤痛，
不顺从的肩臂，令人惊异的腋窝、
乳房，它们在夜晚幽会时永远准时而来。

我不会停止歌唱
你那以灰为妆的脸，
灯盏熄灭的晨曦中最晚的沉船，
你闪避搂抱的脖颈，
你那不被背叛的脚步。

我不会停止歌唱
你腰际的深渊，
你浸在云中的脚踝，
遍地流浪的思绪，
神性升腾的烟雾。

我不会停止歌唱
被枝叶和护眼钢罩所伤的
孤寂之树下，逐树根
而辗转的你的秀发。

我不会停止歌唱

街道、公园、大海，
因为我懂你，
因为我爱你并懂你。

我不会停止学习
欢笑，在殿宇之深里
涂饰并欢笑；
因为我怕你，
因为我爱你又怕你。

我不会停止
沿天空锻造
各种栓具、挂锁、传送带，
因为我守护你，
因为我爱你并守护你。

我不会停止砍切
你的双手，
你的胳膊，你的拳头，
为了让永别永远
不能重回水面。

为一个月光之夜而歌

你挪动街道。

城市成了迷宫。

我总是来到你的街头。

你变换了名字。

白昼是我的梯子。

可你的窗那么高。

你从我的视线里走失。

你的门前，一个窃贼

拨弄着锁孔。

你为我的梦划定边界。

你从大地逃离，

从冬天，从泪水中逃离。

月亮蛇之歌

那嗞嗞吐信的

比啾鸣哨音更富活力。

那嗖然滑行的
比直立花茎更其柔韧。

今夜像一只手
手指们将熊熊燃烧，

今夜的手心是个屋顶
你心怀隐忧，游荡其上。

那流逝远去的
比伫立风中更痛苦难耐。

大地无视大地

气喘吁吁的追逐者
在天边轰然倒下。

为黄昏雨落而歌

一个男人在等待
爱。

阵阵远方的钟声
敲响。

没有希望
那男人仍在等待。

每扇关牢的门扉
闭紧自己的秘密。

一个男人泪落
为他爱着的那人……

为失去的一天而歌

白天落下
像一声熟透的哭喊。

我不喜欢哭喊。

白天落下
像一枚熟透的太阳。
我不喜欢黑夜。

这一天燃烧在
我的忧伤中。

白天落下
像一只老去的鸟。
我不喜欢大地。

白天落下
像一个古老的梦。
我不喜欢大海。

那在眼睛里
死去的这一天。

白天落
在半道上。
没人将它拾起。

为一位不幸的女友而歌

今晨，鸟儿们起得比树早。一个幽灵嘶嘶走过。树倾听，枝条伸展。于是在每一种思绪中都有鸟儿栖落，像日光中有贪吃的蜜蜂。鸟、幽灵和沉重的水，还有一条鱼在占卜。我们十个人在树下给杏仁剥壳。路上遍布死者。一个女人，我们的同谋，袖子挽到肘弯，埋葬着爱情。

为大海的绝望而歌

当一条用星星喂养的鱼离开它的故乡；当一只迷恋云彩的蟹在沙之外寻觅它的脸；大海就会碎成浪花，风因修补它而精疲力竭。当一条鱼想离去时，当一只蟹想被发现时，我的歌就会被唱起……

陌生女人之歌

她倚树

而立。

她周身赤裸。

她是树的性。

她在等那个男人
而世界就要从
他们的爱中诞生。

她神色苍白。
她即是爱情。
而男人吹进她耳中
一串他兄弟们的名字。

她已死
而男人还在述说。

陌生男人之歌

我在寻找
一个我不认识的男人，
从我开始找寻他
他便再也绝不是我自己。
他是否有我的眼睛，我的手
和所有那些像是时间之

海难漂浮物的思绪？

有着一千场海难的季节，

海已不再是海，

而是冰冷的水墓园。

还会走得更远，谁知道它会怎样继续？

一个小女孩倒退着唱歌

并在夜间统治树林，

她是牧羊女，她在羊群中。

从盐粒上绞掉干渴吧

没有可饮之物以解渴。

像我一样无处存身的

一整个世界，连同它的石头

皆伤心欲绝。

枯坐的女人之歌

枯坐着的女人

被一天天的太阳销蚀。

往昔，她的泪水

曾令大地林木葱茏。

仍有火焚心。

这女人枯坐
在我膝头。心烦意乱，
数着一天又一天。

平和的日子之歌

星期一，一根针
等着线去缝纫。

星期二，一张嘴
绽开笑对露水。

星期三，是你的手
向光明发誓愿。

星期四，你的胸中
还有一天要过活。

星期五，再无话：

我们等着要来的。

星期六：一个奇迹

罩件外套叫慵懒。

星期天，你的爱抚

忘记了去变老。

悲情年景之歌

一月，红色的雪

阻止了未来。

所有垂死喘息[①]，二月，

所有垂死喘息密谋。

三月，死者的声音

撞上那些拖沓鬼。

---

① Râles，在法语中既有“（垂死者的）嘶哑喘息声”之意，又有“秧鸡”之意，汉语只能取一意。

所有垂死喘息，四月，
所有垂死喘息开花。

五月，大地玩起
变脸游戏。

所有垂死喘息，六月，
所有垂死喘息失血。

七月，希望断气
像是一条癞皮狗。

正是在八月，从前
我们欢庆群山。

所有垂死喘息，九月，
所有垂死喘息咆哮。

十月，一个绝望者
给大地留下记号。

太阳，十一月，太阳

稍稍回暖大地。

十二月的一夜
我因等你，死去。

单调的大地之歌

——献给雷蒙·莫里诺[①]

大地的双手
缺少惊喜。

给这双手一个男人
去盖房，睡觉。

给这双手一个女人
去兴旺，堕落。

给这双手一棵树。
给这双手一片海。

---

① 雷蒙·莫里诺（Raymond Morineau），埃及记者、作家，原任埃及亚历山大大学高级讲师，生卒年月不详。

失望的双手淹没了
一个明亮的清晨，大地。

我的歌之色彩

我唱起一支歌，
枝丫知晓它
石头已忘却。
人会惊诧于它吗？
红的曾经是血，
绿的过去是水，
老乞丐，请对我哼唱
我的歌之歌词。

为一位死去的王后而歌

名录中的美丽王后
令宝石城堡开花

佩刀穿水的爵爷
一直爱慕着她。

一分钟，一个微笑，
泪水之永恒。

死去的美丽王后
毁灭了青铜城堡
褐脸爵爷在那里悲叹
他的哀伤钉在了墙上。

一分钟，一声叹息，
泪水之永恒。

为一个死去的女丐而歌

岩洞深处，
有个女人发现了她的笑
但是没有面包。
她没有足够的笑
买来面包。

没有足够的笑
偷来面包。
也没有足够的笑
逃离厄运。

岩洞深处，
女孩们笑声回荡。
可要扶起一个倒地的女人
却还不够响亮。
要唤醒一个无地安身的女友
还不够响亮。
要复活一个死去的女人
还不够响亮。

大堂的双象之歌

从前啊，从前
有两头不眠不休的象。

它们不时闪光的大眼睛
让世界和岁月惶恐。

人们决定要关起大象。
却没人赶得动它们。

从前啊，从前
有两头纹丝不动的象。

它们总盯住同一个点
每次，似乎，更远。

没有鞭子能让它们分心，
对伤口它们也不觉得疼痛。

从前啊，从前
有两头不会死去的象。

人们向上方拼命射击，
它们坚守，不管不顾。

人们想在夜里烧死它们，
可火，一碰它们，就熄。

于是又想淹死它们，

可在它们面前，大海下跪。

从前啊，从前
有两头无人命名的象。

它们活着上千条秘密的生命
象的目光在每一生命里闪动。

它们的长鼻子总是垂着，
嗅闻思考中的大地。

从前啊，从前
有两头人所不爱的象。

为燕子归来而歌

如果我抓住你的双臂
将它一分为四
你就会有四条手臂
假定你是四个
国王

和四个

王后

四种快乐

和四种

痛苦。

如果我捉住你的嘴

将它一分为四

你就会有四张嘴

假定你是四面

湖泊

和四轮

明月

四座花园

和四颗

李子。

如果我抓住你的心

将它一分为四

你就会有四颗心

要是你打破了四个

蜂巢

和四支

环舞

四只水罐

和四个

世界。

为你合上的眼睑而歌

食人妖，好胃口，把四周吃出一片空。入夜了。世界被啃得没了形状。快点儿，闭上眼。食人妖不吃酣眠的人。

为我故乡一头死去的驴子而歌

有一头驴，无父无母，没完没了地叫。有一个车夫，揍它还啐它唾沫。有一条路，被奶牛群嚼来咀去；有一个洞，那就是地狱。还有一棵树，在它下面，驴子倒地，四脚朝天。

为灰烬的三个注释而歌

他们说我的胸是一只号于是吹进我口中阵阵风息。

他们说我的胸是一面鼓于是重步踏在我身上直至濒死。

既非鼓亦非号。

他们说我是那首能让世界轮转的歌于是把我卖给风。

为一位秘密的恋人而歌

树叶里有个
巧笑的女人
小得可以做成
房顶上的一片瓦。
她的串串笑声
粉红得
能覆盖所有屋顶。
身在痛苦中我能
把它钉成一片天空
献给血，献给风
献给树荫
或树的翅膀。

可爱情惊诧了我
在我的恨的高高夜空里
一只死去的鸟儿在它怀中。
要走多远我才能忘却自己？
大地的中心
有个女人，
被奥秘啮噬得体无完肤
人们待她像对待一只烂果。
男人们践踏她
为从她身上连根拔走她的梦；
逃溢出她唇边的温热汁液
被土地一口饮净。
我会让一只烂果
在它带着夭折的哭喊
之蒙难时节远航吗？
有个有着音乐
轮廓的女人，
一枝雏菊散发着
金熔于月的光晕。
醒来时——我心会清明吗？——
千只手指为寻开心
已把花瓣摘净。
而我期待着她的消息

像等待生命中最美好的日子。
可什么都没来。没人知道我沉溺于
向湖中凝望自己，那里有
被击落的鸟儿安寝。
黑夜怎样追随
我秘密豢养的恶？
又把我出卖像一个囚徒的
双拳被绝望捆缚。
眼泪自此长流。
夜吞噬那些衰败的孤独者。
布满石砾的夜之路上
有个女人
她从不愿说出自己的名字
却靠在我的肩头
谈着未来。
我不知道她的模样。
只记得从她的唇上
飞出那么多在空中
缓缓浮动的古怪虫子
像干瘪的谷粒。
有个在我肩头
笑着的女人
我像一棵被鸟儿

占据的树。

我再不知该去往何方。

花朵的时光被耗尽。

神奇女郎之歌

——献给安琪拉和加斯东·罗西

穿白色斗篷的月亮呼唤马车；可怜的马已因等它而死。

拄着火的拐杖，醉醺醺的星星你追我赶，满天是星。

我道破的所有语词都有个神奇的源头。

坟墓洞开，有个欢情女郎在声嘶力竭地唱。

她一手握着笔，另一只手，握风——为了我的歌中所有的语词。

为一片应许之地而歌

他说月亮是一顶沙之帽，于是他踏步月亮。疯子们竟大发雷霆。他说星星们是一座座盐之峰，于是他往食物里洒了两次盐。疯子们是魔法师。我找到了在你秀发中沉睡的这首歌。我不再看得到你忘了我的地方。他还说要用我们的手做一条披巾，但是他说谎。

三头红象之歌

——献给皮埃尔·塞热尔[①]

三头红色的象
笑呵呵在一家书店前。

三头象和那条街
一颗珍珠，一副犁铧。

进来吧，疯子和医生，
我们特赦杀人犯。

三头象和三种行进
齐步走上溃败路线。

玻璃眼珠的荡妇，
三十万盏路灯。

进来吧，强奸犯和圣人，
我们祝福杀人犯。

---

① 皮埃尔·塞热尔（Pierre Seghers，1906—1987），法国诗人、诗歌编辑，第二次世界大战期间曾参加抵抗运动。

三头红色的象
在我们家园门槛上哭。

三头象，林荫道，
还有，漂亮，一位裸女。

进来吧，老导演。
三头俊逸淫邪的象。

三头夜之象
一颗温柔心以及它们的腻烦。

进来吧，灰烬之细木工匠，
我有要转手再卖的木料。

为那些石头和毛发
他准备了一场大火。

进来吧，穷人和君主，
投石兵和弓弩手。

占卜发牌手，涔涔汗流
在风中，也在命运的箱盒里。

“数”已把你们数清。

冷冽的水中，七条鱼
选出了它们的女王。这
七条鱼，来自七个避风港。

“而我”，那条困苦之鱼说，
“我只想做自己的女王”。

为苏丹的宠姬而歌

天空的七位女王
都在哭泣，害怕
被啃咬，被灼烧。
最冷酷的是星星，那
史诗般的阴影的女儿们
和她们目光的短剑。
行乞的女王们，
谄媚的女王们，
曙光已灿烂
它深知终结它者为谁

却不知要何去何从。
山峦的湛湛青天下
我未曾认出过你，
你的秀发晕眩了肩膀
你的裸臂勾画出你的形象，
疯狂苍鹰的高傲舞女
从未比梦想更遥远
她在空中构筑着
我的爱那流动不息的场所。
盲目之风中独行的舞女
用她不可抗拒的呼唤
和优雅做作的亲吻
上千次把我丢弃。
你所有举动都是奇迹。
沙漠拒绝水的渴望。
在你野水藻的斗篷下
在巉岩的巨大空洞里
我未曾认出过你。
太阳在我抬起的指尖上
像一块兴奋的黄色石头。
从海浪到云天，从尘埃
到死前的回光里，你降生了。
在你的旧记事本中，专偷男人心的女贼，

我从未疑心过你，

严峻之结晶质的泉。

这就是世界。它听凭你摆布。

而你走去，烧它的脖颈，

从它肉感的唇上剥皮，

每剥一下都有血捷足前行。

不去听你。为那景致，起来吧，

那景致像是瞳孔上的一个形象

像是一张脸——被不安的夜

揭秘后再也不是原来的那张。

而你以舞蹈把我留在

这个奇异的国度，在炎热的季节里

我曾在那里的雨之树下畅饮。

为一位修女的花园而歌

说吧，多少笑声，多少玫瑰

藏在一位修女的内衣里。

多少凋萎的玫瑰，

多少噬心的笑声，

多少躯体被踩在脚下

只为那唯一一个并不存在的人。

说吧，多少梦想，多少热望
藏在一位修女的内衣里。
多少驱离的梦想，
多少燃尽的热望，
多少碎散的心
只为那唯一一个并不存在的人。

可是，在她闪光的坠饰托上，
那是救世主。
那修女，跪着，将他迎奉，
颤抖如同树叶
苍白一如痛苦本身。

说吧，多少水，多少星光
藏在一位未婚妻的内衣里。
多少重上枝头的花朵，
多少彩旗喧嚷的小舟，
多少羁人步履的河岸
只为那即将诞生的一天。

爱的骑士带走了她，

那一刻，修道院沉重的大门
再次关闭，向着岁月；

向着再不是铁石心肠的
祈祷中的修女们。

为两种笑而歌

笑声在水里。你知道它做了什么？它让水开怀大笑。它洗得可仔细了，所以它能让那些既没水也没肥皂只有虱子在头发里的倒霉的笑丢脸。这笑是全白的。你可能会说那是一只被驯服的螃蟹。它动了动它的头——我想这意思是“你好”。它波动着它的手——我想这是在说“回见”。它试图让我闭上眼睛因为它害羞。别指望我会对这笑生气。从前有一次它已经快淹死了。

为一幅懒鬼的居家写照而作的短歌

懒鬼引诱了大海的全部波浪。“让我睡吧”，他哀求道，“暖暖和和美美地躺在我的白床单和蓝被子里”。可你们相信吗？太阳是他的同谋。

为一种时下的哲学而歌

三只情同手足的鹅
在天空寻找墓穴。

“我累”，第一只说。
“我累”，第二只说。

三只肥而丑的鹅
在草地上要玩世界。

“我累”，第三只说。

坐在自己的蛋上，
三只鹅防着一头牛。

“我要独自去看好上帝”，
第一只说。
“我要扮天使逗他开心”，
第二只说。

两只令人惊叹的鹅
猝然倒下。

“我要像它们那样”，第三只说。

“我要渎神到末日”。

为此地的三个疯女和三个疯男而歌

三个身穿青草的疯女

和三个头戴月亮的疯男；

一只海豹长着鹿的额头

三个要被丢弃的阴天；

三个多雨的红棕色日子：

一只开了屏的孔雀。

去按响褐色大门的门铃

三个要被丢弃的不眠之夜

等啊等，候啊候

直到看见曙光皓齿吐露。

三个疯女和三个疯男

身穿青草，头戴月亮；

三个没有你们的漫长日子

只有千扇大门或棕或褐。

为三个糖人洋娃娃而歌

三个糖人洋娃娃
和一位糖果店商。
三个华丽洋娃娃
和她们温柔的心。

一座纸牌城堡
和三个老色鬼。
二位娇小的大人
和她们可怜的泪。

三串玉石项链
和一头卷发。
三个胖姑娘
还有沉重的发辫。

三个天使洋娃娃
大地开满鲜花。

亘古不变的光阴

从谷仓的火里走来。

为四月一日的花窗而作的短歌

姑娘们在窗前笑着，笑声令草坪窘迫，使树角变圆，让山峰敞开胸怀。姑娘们在窗前唱着，歌声给黑夜文身，为大海擦粉，让蚂蚁欢腾。姑娘们在窗前哭着，将雨湮没……

为一捧拂晓的花环而歌

一道影之浓重

从眼前飘过，

这还是夜吗？

一腔血之浓烈

为那手，和腿。

一棵突然出现的树。

你的脸照亮我，

这一直都是夜吗？

你的声音引领着

麇集的声音

走向大地

在那儿，你的果实

向第一个男人的饥饿打开自己。

窄门之歌

我们因恐惧而进入。

我们拍打仆役进出的门。

这是夏天，道路之巨舟吞吐着星星。

遍地肮脏。

女人们浑身血渍：

这是她们的裙袍。

男人们周身赤裸：

这是他们的制服，

横七竖八，倒在地上，瘦如绳索的人。

我们冷

而城市在燃烧

树

在扇旺世界的火。

我们饿
而面包跑得上气不接下气，
逃向不知所终！
我们渴
而水是大理石的。
一天早上，
我们一齐醒来，
寂寂无名，丑陋
像虫豸。

最后的犹太孩子之歌

——献给埃迪丝·科昂

我的父亲吊死在一颗星星上，
我的母亲流淌在一条河里，
母亲闪光
父亲黯淡无光，
在否定我的夜晚，
在摧毁我的白天。
石头不重。
面包似鸟，

它飞时我看着。
血涌上我的脸颊。
我的牙寻找一张不太空的嘴
在地里或水中，
在火里。
世界通红。
所有铁栅皆是矛。
死去的骑手总在
我的梦里、我的眼中疾驰。
在失去的乐园那饱受摧残的躯体上
绽放出一枝玫瑰，绽放出一只
我再也攥不住的玫瑰之手。
死之骑手掳走了我。
我生来就为爱他们。

暴戾的小姑娘之歌

那戴着小丑帽子的
小姑娘
——她是谁？我不认识——
她笑着，把双手插进

睡着的人眼中。

还在梦想爱的年龄，

竟已如此暴戾。

——她是谁？我不认识——

她也不认识我，

因为我的双眼，迷恋它们自己，

正吞噬着黑夜。

三个坐着的小老妇之歌

三个小老妇

在她们的客厅里

围坐着守夜。

她们的灵魂感到冷

不时地，一滴泪

燃至她们的下颌。

过去她们曾爱过

同一位国王

国王不知在她们之中

如何选择。

对第一个，国王说：

“你将是朕的王后。”

对第二个，国王发誓

此生只爱她一个。

对第三个，国王允诺

为她而死，于是自尽了。

小老妇们

有自己的回忆

帮她们扛起十字架。

她们相互打量，笑意盈盈，

幸福于重聚；

不知疲倦地

聊着未来，

三个人一起坐着

在时光里，就像国王

为她们安排的那样。

为阵亡士兵执着的手而作的短歌

阵亡士兵的手仍紧抱着树，食指扣着步枪的扳机。漫天星辰，他准备对它们下手。哦，战士，你为我们摆了一桌天空的盛筵。正值夏日时光。恋人们有了最美妙的屋顶。哦，战士，你睡了；可又有谁能看见你？

为幸福少女的脸而歌

少女把头靠在春天毛茸茸的胸脯上。她的头发因而芳香馥郁；她的手指编织着我们的梦柔弱的茎秆。还有谁未受呼召？这一天已有专属。为了她，糖缘枝干滴淌，太阳跃动如球。

为一位内心遭受磨难的修女而歌

人们曾禁止花进入修道院。对一株玫瑰却无能为力。有个修女暗中种下玫瑰。可种在哪儿？怎么种？当人们撕开她的袍子，发现安娜嬷嬷浑身是血。人们摘去她胸的花瓣。她赤裸着祈祷，她的唇已死。而她交叉的双手，两只鸽子。“嬷嬷，我的安娜嬷嬷，你全然看不到发生了什么吗？”“我看到了”，大地回答说，“我看到了一株长到房顶的玫瑰”，因为——你们猜不到吗？——为了掩盖丑闻，人们早已埋葬了那个穿着便鞋的女罪人。

黑森林里的树木之歌

黑森林里
被绞死的人在树上纵声大笑，
士兵们于那里站岗放哨，
一场大火蓦然延烧。
可是谁点着的火把？
谁把火引向了树梢？
士兵们惊慌失措，
——过去还觉得这差事不错——
声嘶力竭地大呼救命，
直想着逃离手中的武器。
转眼间树林红遍
吊死鬼笑声依旧，
只有他不烧不着。

哀伤之歌

当六匹开膛的马
竟至于出现！绿洲，
在分裂的世界里，

再无一人浇灌欢乐。

当六匹开膛的马
竟至于出现！绿洲，
从那年起——谁信？——
未有一日不带走一人。

当六匹开膛的马
竟至于出现！绿洲，
被遗弃的井畔旁，
再无一棵棕榈树风中欢笑。

当六匹开膛的马
竟至于出现！绿洲，
再无一条虫能去凌霸
哪怕一根最细小的活着的草茎。

水底

（*1946*）

我讲说你

而非我那猎兔犬般脚步的

暗影之灯

金鞋跟里的风

井栏里的风

里里外外的风

人们再不能相互倾听

我讲说你

人群回应

无声无泣的蚊群

然而

沉默如死击杀

沉默只手予生

我讲说你

你不存在你从未存在过

却在回答我的问题

蜘蛛撞上怪兽的喘息

撞上正在赶工裙衫的针

公牛纵火斗牛场

那里国王求乞于他的王国

血污，痛苦的基座

那最高的，不是你
你眸中的所有丝线
缠结在太阳上
世界在脱皮
而人脸噱向中心
只剩你，戴着玉镯的灰烬之柱
只剩你，根茎被啃的鸢尾花之红丝带
只剩你，妆扮你的陌生岛屿之头巾

我讲说你
讲说你挺立在草地前端的胸
讲说你沉睡乳房的清澈的水
和被水淹没的岸

我讲说
讲说你的神秘双眼之镜子
讲说所有那些绝望的守卫
芬芳山坡的每一条盘旋道
街头空寂，人潮沉陷

我讲说那些素不相识者
讲说我除了语词永不会认识的人
对你而言，损毁的玩偶

无人在此

只有夭折之梦的白鹮

挣脱常春藤的蝴蝶

无人

只有翅膀击打出的铜

无人

只有艰辛之金属的霜

无人

只有匿迹幽灵的帝国

为蟾蜍撑起的唾液之伞

无人

只有被囚禁的夜哀鸣

不休，咳出了狼群

无人

你必然会缓缓现身

像那长出羊毛发的山岩

像那现出羽毛喙的禽鸟

而大海清洗你

无人

我为你海盐味的皮肤而讲说

为你古铜色皮肤的沉睡而讲说

夜中之夜

为你以无限文身的皮肤讲说

无人

只有肉案对被海浪

卷走的性冷如痴如醉

鲁莽的水一峰峰颈背相连

航行在死亡中

无人

只有你打了个冷漠招呼的

路遇的女子

我为

那贴在窗前的

一串串绿色目光讲说

为那被风劫掠的

尘埃之丘讲说

寂寂

无人
只有一个名字
一个因你所需而给你的
葡萄树或熔岩的名字

只有
数个字母的月牙燃烧
在世界之上

血在我们结茧的双手上
在鸱鸮的肩头
在春天圆嘟嘟的脸颊
只有
血的和谐在我们紧闭的双唇上

我无因地讲说
在天鹅出没的
房屋走廊里讲说
在殿堂倦极的平台上
挺直身子面对时间讲说

佩戴着古老徽章碎片
在火药响亮坐骑上的骑兵们

心还在，坚定地跳动在

走近爱人的身内

来自低地的骑兵们

跃马扯破长空

只有

暴雨播种的犁沟里的日子

只受

被封存之阴影上的白天诱惑

只有

你稻草蛇般的微笑

只有你借自丝绒城邦的名字

在远方瀑布的

低语声中

在被施了魔法的百合

和脏羊毛之鱼的

急切召唤中

只有

育出犬群的源泉

只有

火苗跌落在

一粒水晶种子上

只有铁玫瑰摇曳

在已衰竭的谵妄中

在我们之后在你之后

天窗，我们因之不自知或自知

赤裸的手面临考验

伸出，像是为了投降

没有廉耻的风景

我讲说

为提心吊胆的初熟樱桃讲说

为海难尽头香芹叶散的船坞讲说

为裂成两半的舞女之铅封的形象而讲说

我讲说

为身体里沉重枝干的森林边缘而讲说

呵，我爱你

疯泉的女儿

喷溅之水的姐妹

干渴在我的血管中泳游
因不断追逐你而严酷
苦役犯的忠实渴望

我为石头脸上泣下的溪流讲说
为火山口为山中罡风讲说
为我对孔雀服饰的羡慕讲说
为不再失去你而讲说，我的爱

我为旌旗满布的高原讲说
为丛林鼻孔中淌出的湾流讲说
为所有贝壳和沙数的小舟讲说
为不再失去你而讲说，我的爱

我为雨的犬蔷薇讲说
为柳的避雷针讲说
为失败的流亡者之泪讲说
为不再失去你而讲说，我的爱

我为蜂群的眺望台讲说
为鹰的拥挤寓所讲说
为灰色的受缚台布讲说
为不再失去你而讲说，我的爱

为不再离开你，我的爱

我讲说我讲说我为那只飞蝇讲说

为松树皮为水藻的石板色讲说

为大海中的风讲说，我的爱

为鼻孔里的盐讲说，我的爱

为番茄为粗纤维泥浆的占星家讲说

为披巾的快乐风信旗为一页白纸讲说

为动作的连续为了什么都不为而讲说，我的爱

只为

让你散心

只为

让你高兴

只为把你牢牢钉在

我的身边

只为住满你的回忆

因为阴影从大地升起

因为天空自我绝望

因为我的心我的爱

因为我的双臂因为我的唇

只为
一次

只为
一秒

因为萦绕
你的风

因为鼓动
你的血

因为逼迫
你的时光

呵，耐心的人你等等
日子停在我们被太阳蜇咬的指尖上
因为我的爱
因为我的爱的炫目丝线
今夜被抛到世界上

我街区的三个姑娘

（1947—1948）

等待不可能的等待
在植物的四个层次
在蛇的三重蓝磁极
在厌倦的巨大双桅
在夜的唯一黑暗里

我街区的三个姑娘把她们的未婚夫丢给了不幸；三声大笑，三颗任性的星星。再无大地之心的消息。我街区的三个姑娘更名改姓；她们的额头在黑夜里燃烧。三个消防员、三个潜水者、三个发狂的情人寻找他们的未婚妻。这事感动了鱼和鸟，因为爱无处不在。三头牛、三块砾石、三个窟窿阻塞了道路。有人沿街拍打熟悉的门。

*

英雄的白貂皮，受邀公主的双脚晕厥于此。那是能让人呼吸骤停的尖叫，那是你的心也是我的纹章。一只百年的便鞋！[①] 镜子施惠于钟楼，那儿，消失的你因长袍而重生。这世纪也有它自己黏土的浪峰。我寻找你，留住你。所有徽章上都有你的肖像。大洋吐出无主之物。

*

笑声在烟雾缭绕的大厅震响。陌生的头独自游逛，合着双眼。只有嘴，那响亮的喇叭口，是向导。没有词；从前，只有被世界吞没的涡流和思乡编织的面纱在喉咙里：

你要把影子珊瑚的指环
给你的爱人。

---

① Une sandale de cent ans! 亦可译作“一艘百年的双桅货船！”。

我要把老鹰羽毛的项链
给我的爱人。

你要把野性波浪的短裙
给你的爱人。

但是拒绝给她
从太阳处夺来的匕首。

笑声始终保持着警惕。一旦被揭出，每处创伤都会光芒四射；比它不可见时更甚。

*

那三个热爱白天的舞者向四周播洒音符，像谷粒，像鸟儿注目的面包屑。喜爱他们中一个的姑娘，再没有路也没有梦让她踏足，只有自己的痛苦。那三个热爱黑夜的舞女一同解开了世界之上她们同谋的发辫。所有梳子都去竖耳倾听。我永远也不知道我丢掉的远不止一个。

*

爱上一个陌生女人，只有惊愕的份儿。与遮阳伞同睡。死亡，这就是月亮，而非他物，一支熄灭的火炬，活活烧死的最后呼吸。但我们从未如此近距离地相互来往，虽然我们不能心意相通。我们从没有这么乐于消失。幽灵，你们的名字，刻在神话石上，嗡鸣，受罚的蜂巢。我俩在计点失败。那水藻饰顶的陌生女人，随后也化为了沙粒。

*

在那山坡上，一棵树被断离其根，我能坚持呼吸。这不仅仅是个奇迹：一再更生地出壳。我再不知时光何在。难道我没有为每一树根开辟起始，倍增天空？晚上，土地被好奇心托起，因而大山更为自在，星星再不觉孤单；因而你也有了快乐手臂。

*

笑是十字路口上踟蹰的年轻女子。死比它敏捷。你点燃了从眼睑中拔出的风景：我们相遇之地。历史被连累。当世界红灿，连牙齿都有了异样光彩；而斑鸠在那儿探头探脑。和你同在，一切都简单而审慎。一根细丝拴宇宙在你的手腕。一切都庄严，得救，现出伤痕。

*

那朵玫瑰被最爱做梦的女学生捡起之后，她时光里的对手就只剩了我那盏被吹灭的灯。一只不顺从的手弄乱了期待中的形式那天真的场景。

那是因为大地几乎还无知觉。而我现身，我无休止地惊奇。一旦我弄乱清晨的头发，就没谁会再离开它的床。

*

清晨已准备陷入最阴郁的沉睡。谁也没料到会碎成这等齑粉。土地碎裂了土地，被上千年不为人知的怒火带走，没有面孔的疯狂，然而大海有所提防。怒火中——我们难道没有如此绝望地信过诽谤之辞吗？——掠过一只小舟，一对恋人端坐。但是再一次，我未吐露他们之名，怕犯致命的不慎言之罪。

*

那个专注的形象！不仅仅是个女人，而是，为定格春天、风中树和散乱发缕的，带着湿地翅膀的上千只鸟儿。在她的凝视中，有我看到你的最初那刻；尤其有你的唇，黑夜为它停止了隐匿世界。藉所有暴风雨，向指尖表达温顺。我未曾给她一个形象；但当我出现，她便应答。

*

走在砾石之眼中的少女，拒绝把束腰送给树，以免创下先例。树枝都是小气鬼。果实绕着被击落的鸟滴血。从月亮上，人们能烧着冷漠舔舐我们的舌头。人能为其灰烬赋彩，亦可扬其灰于风中。并非我意欲报复月亮。在海里，我拣选它的清辉。在他处，我向女巫的队列升举其影。

*

庭院里，当你抢救雕像时，有个小女孩正濒临死亡。应当像施舍乞丐一样，给喷泉一只援手。你可以在眼睫的门槛停下并挡住瞳孔的路。屈身袋中的意象受未被发表的百般折磨。只临街一立便被萦怀不去，只开门一扇便冲飞而出。草日益涌入白昼。新的星辰在其上开垦犁沟。

*

忧虑于保护湖套在她素洁手指上的戒指，那溺水女人，为了我爱她的那个水晶时刻，躲开了水。一切实在皆有预谋。相似性是在挂于窗玻璃的苦果之镜里发现的东西，就像，黎明将近，必须重复它的名字直到被人听到。戴着魔法手镯的、爬行着的溺水女人，毁灭了世界的令人惊奇的形象。我有幸成了她的情人。

*

为了那支玫瑰，芭蕾舞团摘下了 G 音保存在月亮上的琴弓。因为我们正在你开花宝石的十字路口。一个驼背人绕你左右。他的披风上绣有你的纹章，半睡半醒的公主把唇贴在我的唇上，像只贞洁的小鸟。你半途折返。同一扇敞开大门上的哪处创伤吸引了好奇者的目光？第一次，夜如黑色泪滴。你埋首于啜饮虚空，那里劲风抛摘其叶。吊死鬼带走绳索。你避开棘刺。

*

若要相信石头已再生，只需饰雕像以鸟。若要使水成为女性，只需让胸在井中波动。夜懊悔着死去。总有一只眼注目游鱼。为什么大地必在一张银网中翻转？最后一个渔人未留遗言而去。若要唤醒谋杀，只需眼皮上的些许血渍。若要增多影子，只需伸出手掌。再无理由浇灌草坪。水飞去解救空气。每一脖颈都向一朵云朝贡。若要爱人脸红，只需一架梯子。

*

那是我苍白如石灰的痛苦。耐心的你，延展在集拢的叶子上。必须能够像风。你就能飞翔，歌唱。我爱你，为你的每一枝条。

那是在我们狂热指尖上的一抹微笑。从夜中分离出的一片奇异剪影：为我们，它发现了世界。但只有你能看见。

我信赖你，我影响你，我服从你。一堵墙重新联结起我们。你从未有过同样的脸。

*

冷静！若你想要大理石祝圣你为女王，便应以你圆睁的双眼弃自己于太阳，固定住时光。这些是你的眼睫，它们在为你减轻脸的每日重负，这失落的地平线是一块丝绸，将屹立于大地的是你这尊雕像。但你是聋子。大海面带愠色；像你一样，它掀起千重浪。你的秀发，你的秀发，你的秀发是一匹口鼻喷沫的烈马。若要让你倒伏，只需一块礁石。若要水井晕眩，只需一粒石子。你的内衣是鸟和月亮的囚笼。你能在大洋脚边割草，花朵们会永远目盲。

*

你想要你的手指套上光的指环。你想要指环们是手。夜，巨大的牡蛎。你头发红棕色的反光，是一根线。你走在一个怪物上，你经过时它脖子发胀。人们不能用珍珠抑或大洋来折磨土地。须用所有世纪来使你成为现实。泡沫，像你的影子，崩散。它揭示出的不再是你，不再是别人，也不再是我。世界被盗。

*

哪颗星在圣殿的石柱间感到惬意？它想要的是被捧在我们的掌心。一个女人在欲望中旋转。大地羡慕她。我不知要到何时我的套索才能让你畏惧，但你的翅膀不受猜疑影响。最残忍的是我恨着的那个女人，她开屏在我们血之茎的顶端：对虚无坦言疯狂。最美丽的是杀我于午夜的那个女人；她的痛苦也是我的。现在我们对影成三，一同去欺骗清晨。

*

丘陵的脚踝有细微的伤口，你能看见那里流出的大地之血。每株植物都是一道伤口。只有痛苦，我的爱；但是你被撕裂的胸，你挂在树上的胸，更是我们所不能忍。我们的手——水或匕首的姐妹——在牺牲品上考问自己。丘陵试图向星辰申诉。我们抬起的眼相像于星。

墨之声

（1949）

沉睡的客栈

一

带着从天使那儿
窃来的短剑
我构筑我的家园

墙壁取色你的秀发
半明半暗中的立柱借形你的褶裙
紧实的光泽四周是你承诺共享的话语
你的姐妹们未婚妈妈们被渴望蒙住了双眼
你的姐妹们五种感官自你降生之月起的五个月份

带着从天使那儿
窃来的短剑
我构筑我的家园

遥远的西藏无人可及你，你找到你完好的灵魂
  碧绿繁茂
且逃离甘草枝丛中的教堂，那些哲人正索然无味地
  对之舔舐
你以脆弱的愁闷之笔闪烁不定地照亮黑夜

你将死与爱掺并，将对玫瑰的欲求
溶进往昔恐怖的大地，将蜘蛛与恼人的喜鹊混配

带着从天使那儿
窃来的短剑
我构筑我的家园

疆域无限的鸟儿弃绝了穹苍
在你肩头它唱着岁月的绝望
大海谴责它每一个巢穴中的火灾
烈酒级的大钟有着苍老无眠的钟面
在所有的时间中握牢它唯一真正的时刻
不可移易的星期日是你眼之虹膜周围的白

带着从天使那儿
窃来的短剑
我构筑我的家园

露珠鱼叉奇幻地潜入水底
那儿果实喷出它海泡石烟斗里郁积的怒气
那儿珠宝匣裂开它忧郁花园的淤泥
花香四溢的地平线被刺戳上亵渎的荆棘
正当石膏审判官们宣读着判决

将罪恶之长笛上的红宝石嵌入他们的指甲

带着从天使那儿
窃来的短剑
我构筑我的家园

最后的喜马拉雅山耗尽了破碎清晨的墨汁
一个虚空精灵们的浪头沿着沼泽马厩崩裂
突入时间，并再次以它的针刺入覆盖沼泽的
　书之滋生地
你渴望以你的女妖逻辑以你作为被捕获猎物的激昂
　而被爱
骑泉猎手们盯着你，惊恐地，他们放低暗黑的瞄准线
在梦中你在他们身后惊扰起他们的脚
从沙上足迹可以看到他们的傲气多么有恃无恐

带着从天使那儿
窃来的短剑
我构筑我的家园
那儿勇武和怠惰，快感与爱抚不过是
语病，不过是一个该死的浪峰倾颓
众鹰安眠被惊扰的唯一形象悬停于时光的记忆
呵，在海绵的长久纵饮中给谎言腾个地方

给雪下那个再也听不见的人腾个地方
他的灰烬婚礼的、核的、流放之微光的冬季
被智者和先知视作永恒明亮枝条的赤褐星体

带着从天使那儿
窃来的短剑
我构筑我的家园
用潟湖的纱雾
和丝柏的珍珠
用石头的鳏孤
从野兔的第一下蹿跃
到我武器的野蛮挥舞
手臂所居无处

我构筑我的家园
我耐心地等着发迹
谁在惊愕抱怨
我们能摧毁城池
一扇面向四面八方的大门
向着路人的欲望敞开

我构筑我的家园
用风的皮囊

它清晨呈粉红黄昏泛铜绿

在睡梦中你找回
出生时的那个透明街区
一道彩虹铺就它的巷道
苦涩水晶制成它的广场
这是我们成长
为玻璃的地方，局限所在
我们从未见证过
水藻的苍白
或暴风雨的沧桑

带着从天使那儿
窃来的短剑
我构筑我的家园
以苍鹀的轮廓线
和蝙蝠的护身符
以海鸥的玻璃拖鞋
鞋跟踩出的每一洼血渍向从未
脱离躯体的人显出一顶自由的顶棚
被世风环绕的牢笼
见证着远古野兽的纷争
正是在哭喊声中你发现了我

狱卒向疲惫的风唠叨自己的伤痛
高墙之后镜子退位
面孔多么善变
原来
雷电藏起了一片树林
那儿
受到催眠的修女们等候着
被释放出钟楼
原来
吊起自己的僧侣们和圣甲虫
逃避着长剑
那儿
蚂蚁有蜡鼻孔
所有蜡烛都有遭劫
橱窗的眼
我撕下张张怪骇面孔的假面具
我是赤裸裸的梦是我渴望得到的桑葚

我构筑我的家园
以流浪犬的酵母
和燃尽火柴的黑法衣
熏黑的手指笨拙惊惶
仿佛它们竟无意中智胜了死亡

世界的孤独重归其渊薮
有多少被洪流撕碎的世纪
所有的雕像碎为尘土

我构筑我的家园
在螺钿画笔的回声
和炫目光环的视网膜上

一个女孩笃信神谕
我的存在便是因她之故
她认出业已消失的符证
在大地吞咽雨的前额
和在敞开让选民通过的口袋底部
好奇心再次把他们抛起

燕雀的职业喧嘈是个奇迹
被抓牢震惊的驯鹰人手套是个奇迹
音乐自有成列的树脂味的祭品
自有行于纯洁素白大道的轻便布鞋双双

我构筑我的家园
在孩子们采集的
纺锤形樱桃的醒来之上

二

回忆是众声齐鸣的田地里的阵阵流光
是大地上圣诞之风飘摇的彩旗

森林自有其奥秘的抽枝长叶
自有舞会上鸱鸮假扮的蜜巢
还有细碎的釉彩之光闪烁于指环
妆点华服的仙女

回忆是泪珠串成的项链
是心之坡道上的一驾驾白色雪橇

你用我的名字呼召我
并在海难者的衣襟种上无酵饼之康乃馨
你用我的欲望呼召我
用碾做尘泥的每一温情爱抚
用午间谈话时铅色醋栗上的软软茸毛

你用我的狂热呼召我
用我心跳的胡桃木小提琴
用每一朵虚无火焰之拱门里的蟋蟀声呼召我

你用我的声音呼召我
用爆裂在炉膛里的
爱的枝丫发出的第一声薄纱般尖叫的
你的真爱之竖琴那郁金香般的高傲袖标呼召我
回忆是寂静之髓的高跷
太阳在芦苇笼中行走八方
孩子们为它指引方向

*

水、空气、阴影的石匠
通过他肩膀的宽阔我认出他
通过像水面之上白昼补丁般
四下里透明的
他的深邃之手的隧道我认出他

他的刀具在我的道路上成熟
它们在空中星辰般转动
在我入眠时变为我的夜晚之箭镞

雪、羊毛、诱饵的石匠
被喇叭吹乱的头发偏向一边
通过他的残忍

他虱子狂欢的头皮之收获中我认出他
他嘲笑我的恐惧
斯芬克司的美甲工受他摆布
从你救援我后
我们将并肩跨过的
门廊之上高炫的天线杆之功课中我认出了他

青蛙和画眉鸟将天空从你躺在里面的
草地中解救出来的那天你将归来
你将带着鸽子的承诺归来
为了重生而欣然接受死亡
我认出这面孔打叉的江湖艺人
你的面孔对着我的

三

带着从天使那儿
窃来的短剑
我构筑我的家园
用风之瓦刀
和深海潜水员的角尺
用捕鸟人的砖块
在大海的蓝垩腹地

我构筑我的家园
吉卜赛女人在那儿商议
她们为每条屋梁争吵不休
我们四海无家

吉卜赛女人带着行骗的镰刀
穿过你们照管的正在落叶的帝国小麦
洪流之黑麦是机运的大麻
卵石的大笑摇晃着塔楼
悬岩被植入春之苗床
多情的牧神灌溉自己的作物
壁炉内的园林有烟垢的出路
烟囱清扫工并非头一次从这里进出

带着从天使那儿
窃来的短剑
我构筑我的家园

吉卜赛女人有茴香、手铐的嗓音
你们破碎工具的迷宫
厌腻了无端欺骗大众
不经意间使纵火案的爆发倍增

世界遗落了它的瀑布
它的花岗岩晨钟
一个带着大把火焰硬币的形象
向四面八方飞掠
迷宫听凭我们摆布
温顺的道路紧随
人能衡量其生命价值

为了一群群山鹑的跳房子游戏
吉卜赛女人

为了休息日的黄水仙
吉普卜赛女人

为了汗水之岩浆的热力
吉卜赛女人

为了牧养恐惧之人的忏悔
吉卜赛女人

为了四月魔鬼鱼的贝苗
吉卜赛女人

为了陌生国度的港口
吉卜赛女人

为了偶然蝉鸣的价值

我们交换小溪的洄弯

吉卜赛女人饰满风信子的鳞状花瓣
随水井一道发出干枯的喘息
转过头来腕上是抢来的手镯
手中是茅舍除虫者的钉耙

吉卜赛女人裹着绣满狂热纽扣的披肩
挂着凡人之厌腻的水波绸饰带
战场醉醺醺地颠簸在你们的头脑里
酒瓶倒干自己在你们的喉头

吉卜赛女人举着魔力白垩的海碗
乌木板前守纪律的学生浮想联翩
黑暗孕育出黑暗
黑暗反抗着黑暗

吉卜赛女人在仪式之棕榈林立的殿堂

祈祷台包着紫水晶的外壳
画家弃绝了画画 白天攥他在手
集市如火如荼 诗人兴高采烈

吉卜赛女人在老鼠窜落的三角地毯上
该敬畏的只有一个名字
该敬畏的只有一种形式
历史的洞穴中桌子已经摆好

吉卜赛女人
穿着散发出林中雪莲花香的外衣

吉卜赛女人
穿着有被触怒之凹痕的宽松罩衫

吉卜赛女人
站在为了嘴唇的闪光笑靥而骤然亮起的灯前

吉卜赛女人
在被孤独研磨的月光之辐射轮轴里

吉卜赛女人
戴着在爱中被汲干的泉水花环

吉卜赛女人

住在凌乱的果实之心中一把心血来潮的刀剪中

吉卜赛女人

在遗弃的黑夜里脸上斑斑银丝闪动

太阳之地[1]

有个告示牌上抻着利爪的国度

并不是人人都能够进入

那里石头置身大地惨遭蹂躏的眼皮之外

阴影对清晨碰着

运气 多少渴望果实的树瘤郁结令枝丫从根子

便失去活力

一国一城在一堵墙的脚下

孩子们在那儿捕风嬉戏

弄瞎了风蓝色的大眼

姑娘们在午夜拽起烈酒般的

裙裾

我的爱一国一城一个房间

被窗扉上的油料延长

被降临的黄昏之石英截短

那里门闩是盛着梦钥匙的锁盒

你在其上写下名字

那里水在指间流淌

当灯开始明灭闪烁

---

① “Soleilland”是埃德蒙·雅贝斯自创的词，今从英译“Sunland”，译为“太阳之地”。

我的爱一国一城一个房间一张床

宇宙萌芽，于那蜘蛛、叶子、山猫的肉趾中

我们听到生命使沉默之血管

膨胀

万物以自己的方式

猜度自身也自我庆幸

我的爱一国一城一个房间一张床一位死者

开始铺展

当万籁俱寂

我从未对你谈过他

我的兄弟我的盟友

唯有他记得

把冻僵的灵魂念珠不时摩挲

苦痛在阴影上

燃起大火 鬓角无意中

变为虹彩

我的爱一国一城一个房间一张床一位死者一爿屋顶

灰姑娘用她的裸足

激起河面节日般的银铃声声

乐队制造狂欢的金粒闪亮

在灰发的头顶之上

我们用同于我们歌唱的方式杀戮

有位姑娘遗落了她那串“不在乎”的浆果

和她的焦虑之百灵鸟
镜子里的季节
甩下它们作弊的纸牌
我的爱一国一城一个房间一张床一位死者
一片屋顶一串项链
错误 并不与被剥去其掩饰的鱼骨同在
也不伴阁楼里避难的珍珠之左右
水手自有拿手的韵脚
他的女孩露出鱼翅搭扣
和一条分层的麂皮腰带
我的爱一国一城一个房间一张床一位死者
一片屋顶
我归还了项链
我的爱一国一城一个房间一张床一位死者
屋顶塌陷
我的爱一国一城一个房间一张床
死者被掩埋
我的爱一国一城一个房间
床铺凌乱
我的爱一国一城
房间空荡
我的爱一个国家
哪座城曾是

我的爱我们的爱

没有一个国家

大海的焦渴

你不该移动
不该呼吸
你该在我面前
继续踞坐
像树与树影
像天空和大海
在夏日的正午
乖乖的像空气
像沙子
你不该说话
不该微笑
或哭泣
我该猜你的名字
把你的思绪
译成形象
为你的举止歌唱
爱你先于
你的生命
你不该力图
懒得理解

也不该力图

起身离去

我四散开道路

我溺毙了路标

在你和万物之间

只有空空如也的

空间

和孤独的黑夜

你不该反抗

你会打碎那盏灯

它在你膝上闪亮

你会失去世界

我们再不会知道自己是谁

天晚上

我想象你

死去

你那双从前的眼睛

还在凝视着我

同样燃烧的砾石

在阴惨森绿的树林里

与狼群一起游荡

你仍有同样无用的

双手

同样焦虑的额

同样蜷成一团的

腿

那些散乱的头发

暴雨般的头发

固着在头顶

而我在想

她死了

我愿

我们身边万物

消失

我愿大地光滑

而有礼

像你的手

像映现你手的

镜子

它过去也曾照

你的眼

你的耳

你的腿

为了成双

为了成对

我在想

她将因我的生命而生

我会一点点地

把世界给你

我在想

她会爱我

会与虫子

鸱鸮

月亮一道爱我

一天晚上

被你点亮的那个夜晚

我曾想要你

我想要你

没有愿望

没有目的

没有梦想地要你

你不该笑

你不该还要学着

去笑

这生平头一遭

你死了

当晨曦熄灭

灯盏

你将随我的信号起身

将行走在你的影子上
不知道
脚步要把你带向何方
你将走向
始终等待着你的
我
走向我
为你创造的一切
走向我带来的水
我带来的火
一天晚上
你常来常往的某个夜晚
我曾想要你
我想要你
你像世界第一天
那么冰冷
那时水是大理石的
火被埋葬
树是白的
世界没有名字
在那儿鸟儿睡了
我在想
你开始行动了

黑夜
即将陷落
它将在你脚下
变得很小
好让你踏步其上
我在想
你便是世界
你将蓦然
现身
你将即刻
同时抓住一切
用那听觉视觉
触觉
它们的网
早在大海靠近时
已被打湿
我在想
你会马上脱掉长裙
为了在你中
赤裸地燃烧
蜜蜂在你的乳尖
嗡嗡作响
青草为你的颈项

羞成粉红

鲜血凝固

你的唇边

所有死者和生者的

血

心急地腐烂

会有的 大地存在

为了它们直至肺腑深处

大地存在

为了它们直至最后的湖

直至最后的黑岩

黑夜要求收回它们

黑夜在它们行经的道途

播撒星星

为了它们为了它们

在夜的山丘之穗下在鸷鸟之影中

寻到她的芳踪

我在想

你很美

于我

于夜的心中

我在想你将美得

久长

像时辰

跳动在太阳

神奇的脉搏里

像沙漠里的雨

像树为了果实

伸出的手上的

雨

而沙的呜咽

只是为了水

为了水的抚慰

水的微笑

掬水的手掌

捧出畅饮的信息

我在想

你将在世界苏醒时

第一个宣告

我的名字

用我的手臂或腿

去混合道路

为一个十字路口

你将抓起我的头

并行走在醉心于世界的

我的身上

为了你的步伐

我早已

以泥土白雪或海洋

为躯

已吞下路上所有可能

弄伤你的石子

一天晚上

那个夜晚

我曾想要你

我想要你

要那个留下来的女人

那个摆脱了大地

有了个名字的女人

时光之外

我妻子永远只是

轻轻掠过白天

和黑夜

它们，每天的潜水者

沉没的潜水者

它们，对让鱼和云脸红的

血

无动于衷

对英雄和无赖血淋淋的手

感到陌生
一天晚上
那个夜晚
我曾想要你
我想要你
孤独于世
窥视着
我的爱的第一声呼唤
倚着爱
像倚着熟睡的孩子
他因轻风的背叛
而看不清
你凝视着我
你期待着你的生命
知道了
你的钟点即将敲响
你将即刻起身
直至永远
人们会听从你
因为你以种子
和光
慷慨献出爱情
知道了

男人们在空荡荡的家里
筋疲力竭
再没有心
再没有话
再没有泪
再没有拳头
可以往墙上钉
只有他们的空虚
像胸口上大张其口的洞
像从中汲取苦涩之水时
吱嘎作响的水井
他们将在自己的废墟中
没有面目地
即刻死去
他们震耳的怨恨
点燃了夜空
一天晚上
那个夜晚
我曾想要你
我想要你
希望
那清澈之水上的绿叶
那鲜亮清晨的蓝色发辫

而你像个疯女跑到你自己前面去
跑在我的身上
跑在世上
伴着风
和风扬的沙尘
你吼着你的名字
我的名字
沿着被爱镀成金黄的
奉献出的唇
黎明之前
为一个男人
为一个情人的焦渴和爱
那露水的奉承者
星星小贩
在一头临产母兽般
心碎神伤的
谦卑
大地的呼喊声中

拱顶石

（*1949*）

孤独的峭壁

第一个声音

你的孤独是一座诡计与琴弓的花园
你的孤独是一幢灰烬与宝剑的钟楼
你的孤独是一条从年轻雕像上凿下的发辫
你的孤独是一只飞向车站时钟的眼
你的孤独是一面游蛇和乌鸦的旗帜
你的孤独是一张在所有梯形百叶窗后的孩子的脸

第二个声音

在蜡烛晃眼的椭圆光晕里
有我的孤独

在房子的碎砖块里
有我的孤独

在四分三角形的圆珠笔尖里
有我的孤独

在河流和四季的谵妄里

有我的孤独

第一个声音

你的孤独

是一匹沉沉铅马

你的孤独

是一座苹果酒教堂

你的孤独

是一段孔雀生涯

我们喝教堂

我们拔生涯的羽毛

我们淹死马

第二个声音

在我们，两个沉默

之间

有大海

有鱼群

那是我们的欲望

有峭壁

是全部拒绝

有岛屿

是温和地放弃

有天空

是沉睡

还有草坪

是苏醒

第三个声音

在蚁群的黑白图画里

有我的孤独

在指爪和激流之犄角里

有我的孤独

在大地和天空的沙漏里

有我的孤独

在第一个和最后一个男人的希望里

第一个声音

你的孤独
是松鼠的字母
只限在森林使用

你的孤独
是劈开的山峰
它的伤口是一帘瀑布

你的孤独
是一张弦乐唱片
音色是个自缢者

第三个声音

像水手给那个桅杆鲁莽的名字
嫁接上一个名字
在这个符号中你孤独吗

第一个声音

孤独

像那口大钟

孤独
像那只木筏

孤独
像水的钱包里一枚珠色硬币

孤独
像不对任何人开放的一颗心

陌生的声音

那就什么也不听
什么也不说
也不再颤动
不再拥有
不再忍耐

第三个声音

像影子的毛虫
编织着它的星星茧

在我的黄金中我孤独

第一个声音

孤独
像废墟屋顶上的那只鸽子

孤独
像夏天皱褶里的那只蜜蜂

孤独
像一只浮标

陌生的声音

那就什么也不留下
什么也不送出
什么都不开始
什么都不结束
没用

第四个声音

火山口着暴雨的褴褛衣衫
草茎擎我的孤独
之戟

第五个声音

虹色花瓶之花圃
塞着我之孤独的
浓香瓶塞

第六个声音

遗忘的篮子
倒空直至残渣的
我的孤独
那永远是一个
用它无用的羽冠
背叛我们的意象

陌生的声音

孤独像男高音嗓子里的小舌
和它同在，他很孤独

回声

像水
和新芽

像草
和堤岸

孤独
像与路同行的
铁轨

陌生的声音

孤独像风之心灵里的风标
和它同在，她很孤独

回声

像面具
和头

像婚戒
和手指

孤独得
像覆披羽饰的
钉子

第一个声音

打开双手
手是锁扣
手是念珠
为了前进，打开
为了计点为了塑形
为了相通，打开
手有自己的春天
秋天也会落叶
别打碎那双手
它们正握紧

白蚁们埋葬的光明

第三个声音

像牡蛎壳里的珍珠
在你爱的中心，我孤独

回声

孤独如身在旋涡
孤独如号声尖利
孤独如坐火刑堆

第一个声音

那就放手吧
让死者分崩离析
我们流浪的语句
让他们追击每个字母
切除我们的积业
分类我们的快乐
拍打人群
他们有诀窍

他们是主宰

用他们必要的话语

和手势

用他们为了永生的

口令

第二个声音

像赌徒攥在出汗手心里的骰子

在你孤注一掷的旋涡中，我孤独

回声

孤独得

像一把雪中

铁锹

孤独得

像一把空地

角尺

孤独得

像一把火中

柴叉

第一个声音

它们在孤独之树的痛苦里
雕刻果实
它们在孤独之木与铁里
雕刻树木
它们在孤独之花的花粉里
雕刻云朵
它们在孤独之石的心里
雕刻风景
它们在孤独的峭岩之侧壁
雕刻大海
它们在孤独的水藻之镜里
雕刻灯塔
它们在孤独之风的气息里
雕刻种子
它们在孤独之墙的尘灰里
雕刻男人

第三个声音

大地大地大地
晕眩的顶端
鱼钩开花
监狱之心
铁窗失明
城市踉跄
迷醉于垃圾
和下水道之酒
可我们在哪里
我决定把你拖进
我的航迹
在太晚之前
在失去一切之前
和那些拯救我们的人一道
他们模糊的身影
跟随着我
和巨人种族一道
那些延长我生命的人
那些把我们打翻在地的人
我上升你服从我
他们的红眼睛闪烁

他们的肺迎着纯净的风嘶嘶吹响
但是他们坚持
选择和联合的时刻
到来
我们曾是两个现在是十个
我们将有数百万个
与时光一起
死去或重生
与阴影一道
芬芳或绚烂

第二个声音

我将我的名字
给予孤独

我将你的名字
给予习惯

在无法到达的地方
我们是自由的
在那儿万物单纯

夜的分量

今夜
身在夜中
像房顶
矗立街头
像婴儿
陷在床上
一夜复一夜
它惊异于自己从无开端
也永不终结
它忘却自己身处何处
今夜
和随至的白天
像一座阳光普照的小岛
像一叶身处险境的小舟
隔绝于岸
在那儿我呼唤你
在那儿你听到我
很快将只有相爱的
我们
身立于睡

像立于云端

只有你

以你的骄傲直面

你心应许的

无望未来

此处彼处

在你不堪其扰的

影子之外

你的步履追随着你

你以为变更了路线

我总能在那儿遇到你

你曾告诉我你会去，

而你不再确定会在那儿

你被窥视，被吞没

像一只手

在更大的手里

像瞳孔

在眼中

然而

这是你，巨岩

面对冒险，面对迷恋

唯有你引人瞩目

唯有你生生不息

你是被一一点数的夜

之秩序

你是首个世纪的饥馑

你存在

为了男人的肌肉

为了他伸出手臂让鲜花开满大地

你辩护

为了每一真实事物

它们自黑暗中来

复归黑暗中去

我认识了你

经由你的思绪

因为它们魅惑迷人

因为它们是你幻化出的动人风景

我认识了你

因为露水，因为麦粒

因为大海

匀称、优雅和赤裸之躯的

奇迹

此处及更多的

彼处

你漂泊，全无回忆

我盲目地学着

相像于你

今夜

被置于夜之上

像玫瑰上一只蜜蜂

水面上

一泓波浪

一夜复一夜

同样的夜

藉你被爱的

唯一意愿

以我们的形象

重组世界

隐形的我们

当你身在远方

夜里

有更多的影子

有

更多的沉默

在巢穴中

星星们密谋

想要逃走

却动弹不得

它们以光伤人

并不去杀

枭鸟有时向光

转过头去

而后啸叫

有颗星是我的

它不属于沉睡

更不属于遥远而不在场的

天空

惊恐的女囚

流放的女杰

当你身在远方
火中
有更多的灰
更多的烟
风驱散了
所有火炉
四壁与雪
相谐
曾有一段时间
我并未想象你
脑中却萦回你的音容
我在街上尾随你
你经过时险些诧异
我是阳光中你的影子
我不记得的那个安静花园
在那里你与我重逢
只有我们俩
被我们的梦系牢
被我们绵长从容的话语
系牢
我睡在一个绝少入眠的
世界里
那世界像儿时的食人妖

让我恐惧
你会出现
在我眼皮后面
像过去一样
当为你脱衣时
你遮住
让你害羞的灯
在爱把我们造就的
夜里
我们相拥而眠
我让你的手
和你的声音
落入我的手中
你已难以辨识
花儿
来到你的膝上
可得的花冠
为了你的秀发
那血的花
它在虚幻的砾石间
难以察觉地
生长
在那里为了死去

死者们竭尽全力

解开身上

尘灰的羁绊

曾有一段时间

你的躯体

在那儿开辟出道路

你同地平线

混同化一

我再也看不见

你在哪儿呼吸

你在保护自己

我的双眼曾携着你的

我的腿曾分开你的双腿

我的嘴贴着你的唇

我把你的感官正拼读的

名字给你

你是骨与肉的

回声

是我化作的

忠实形象

曾有一段时间

你让我惊奇

为了找到你

我必须

与疲惫斗争

与阴谋斗争

在我们亲吻的微光里

大陆浮现了

它们是我们的同谋

按平方和居民

大陆向我们显现自己

大地震怒

而后沉没

我们在空间里动荡不宁

贴在水面上

浮在火焰上

我们燃烧着沉沦

你曾期待我超过你

以便跟随我

你未曾背弃过我

在攀缘的废墟之上

在垂死的圆柱

和棱柱上

我睡在一个

活着就有错的世界里

夜把我们和我们的化身

相比较

曾有一段时间

为了相信欢乐

我曾需要你的笑声

白天在我体内

你裸身踉跄经行

我断绝了我们的联系

没有让蛇脸红

那时我们是天生的

舞蛇巫师

你是自由的我向你祭献

你支持我

我从土里拔出我们

巨大的根

地面翻腾

准备抓挠我们

大树倒下

它向别人

指认我们

我们欺骗虚空

隐形的我们

日光美人

一

转折处的偶像们
湮没在了泥淖巨大的
喧闹中

二

长着百合纤指的夜美人
在松鸦的羽翼中苏醒

三

双腿修长的日光美人
在海中拖白绵羊的大拉网

四

镜子无聊地数着时间
鸟儿筑自己的巢

虫子造玻璃宫
既为死也为生

五

她的双脚是冰做的
手腕则为燃起大火

六

她用心中缠绕的丝丝缕缕
那新情感的脆弱天线
来躲避严冬

七

她的胸上，苍鹰将眠
为了在大地的细节中忘却
最初的五月之玫瑰迷宫
她的胸上，情人的爱迷失
而在盐之网的网眼里
在更加孤独的每级台阶上
为了渔夫的吻

每一次她的颈都更为赤裸

八

日光美人手握小麦铅笔
为了乞丐的眼皮上画出的饥饿
为了从一个大陆到另一个大陆的
坚固蓝天之舟楫
为了水手们的歌
也为了传说中称道的
天真未婚夫们的春药

九

在禁止水鸥的地方
她的双手向着太阳滴血
新生儿眼珠般的
一颗珍珠
被牡蛎藏身海洋

十

美人

在惊慌日光的每一次呼吸中
长颈鹿在那里踮脚行走
头，超然于世界
丰饶之水的每一次战栗里
敏捷的鱼群在年轻领主的
盔甲鳞片上锄草

十一

男人放下他的刀晒干
在她统治的
剑与法冠之宗教时日里

十二

美人
只像人们
在那罪中的样子
言语，渴之木筏
被落水者的喊叫揭示给
沉默

十三

要对付锁具她有爪子

要秘密穿行她有钥匙

十四

蜜蜂带着密封的激情

强行闯入玫瑰初始的芬芳

每个音符，一枝茎秆

根，一些神奇的噪音

使茎秆长存

十五

美人

有执拗的女奴修剪

她空气钻石的秀发

十六

种种关联，道道回声

十七

常常，燕子
是饥饿之颈上的一只铃铛

十八

身在谎言的包围中
像是一株晕头晕脑的白杨
言听计从的树叶
向天空伸去一些抖机灵的小割伤

十九

美人
透出露水的倦怠
在每根被迫沉默的刺上

二十

在世界地图肚子里的夜
为她
让它的火鼠们啃啮黑暗

廿一

美人
其血肉之身
有纺轮般额角
有小溪流笑声

廿二

男人放下他的拳头，藏
在每块界石下，她休憩
在那里的两座浪峰间

廿三

将临的日子为她欢呼
城墙之高夜为她欢呼
四枚印章标记出她
用人群充实的宇宙

她独自待在抛出的套索旋转的地方
在野母马的钟点之上
在拥挤玻璃窗的浓重灰黑

和公鸡啼鸣的每个灯盏里

她独自待在其安全的山洞里，那儿蝙蝠
在航程的终点关闭了信息
鸱鸮聚集起巫师和通灵人
破译孩子们隐晦的梦

廿四

当她醒来
绿宝石额头的魔法师们，你们的时刻已被算定
清晨已露半张圆脸
她合起的眼角上是世界的混响

清晨已现出大路和罗网
——触手未被触动的章鱼罗网
声音打结的地下腹语者被斩断了飞行

清晨已露出
烟鬼们焦黄手指间的
那座变色龙之城及其火柴的无垠之尾

囚徒

在苦役犯监狱的花园，人头肚子的储物花园里
竖着断头台 被太阳远离的
高傲少女
在缺席之上，竖着断头台
配着缝合死亡的精致缝衣针的铡刀
配着月亮流苏的铡刀博刽子手一笑
绞刑的世纪，为有猫舌纹的迟来者
竖着断头台 生命再无秘密
只有双眼、注视，只有期待、追问
在人群的惊恐之上，竖着断头台
草要求发声却被拒绝
草之上被判死刑的囚徒忘记他行将死去
绘着鸟形纹的铡刀纠缠着风
给风的年轻妻子们颊上擦粉
无情的铡刀唱着正义 冷杉的牧歌
一个堕落的世界悬吊在自己的下坠上
一个世界外面的语言之脚再不能触及大地
风无动于衷地摇晃着的世界
我想起了所有的脸 我花与岁月同样长的时间
重新辨识

在无耐心之上，竖着断头台 教师用浮石
擦拭愧疚小学生沾满墨水的瘦手指
你读着我读着，被铡刀中断的无辜语词
在每个礼拜天之上，竖着断头台
一颗人头落下，掉在打开的作业本里
在刽子手的记忆之上，竖着断头台
在生与死的记忆之上
在爱的悲痛之上
在斩断的饰带之上
在砍切之上
在割断的脖子之上
竖着断头台

视觉的武器

每一把懒惰之锨
为值守遗忘
额抵大地

我们的誓言，我们的脸
没有别的证人

未来引领它的羊群
倒退着
构筑城市

一条路，希望伸向四方

人们把男人赶出家门
打碎眼圈的玻璃窗
纪念馆里的玻璃柜
人们掀翻紫藤汽车

美呵，美呵，美，五月的晨曦
人们相信不幸，更相信欢乐

相信黑莓，更相信铃兰
相信炮弹却甚于相信光明
人们错了

石头溶解像河水
中的笑声
像喉咙里的
匕首

河岸丢失了它的名字
天空遗落了它的石榴
城市敞开像岛屿向海

无名的死者被预定灵魂得救的心冲洗
记忆是每个港口里的一座灯塔

美呵，美呵，美，五月的季节
升起的旗帜后
房屋无声坍塌
树木蜿蜒伸展

人们用罪恶之泉浇灌历史
人们借助于炮火发现蓝天

美呵，美呵，美，五月的溺死者
她灵巧的手臂像小鹿
她干渴的脚上有流水的鞋
她蓬头垢面绝不赤裸
她对欲望撒谎
战争般严酷
海洋向太阳谱颂歌一曲
铅弹炸裂的废墟，世界之尖叫
被连根拔除的话语像献给鱼群的
鱼骨

美呵，美呵，美，五月的爱人
她的片片碎落连着秋天
小麦戴着夏的花环
锡器吐出波光的气息
冬天凭栏支颐
看着自己的伤口冻结

一条路，障碍一意孤行
少女们阻抑自己的青苔之性
眼睛，刺猬球般
排斥神秘

心为自己的贝壳着色

美呵，美呵，美，五月收获之季
光在芦苇中哼唱
海滩为波峰染上珠色
每条影子把你放大十倍

明天之后又是明天
你，白昼的播种者重又出发
应许给男人们的棕色田野
猫头鹰会来此开镰收割

语词留痕

（*1943—1951*）

逃生门

我试图用语词抓住诗，可是，诗已先期逃进了词中。

追寻它时，它化作了我的声音，我徒然烦扰自己而已。

凡门皆有语词作其护卫。（口令，咒语）

*

若要语词可视，便得黑粗它。

*

城镇从空白纸页上浮现。在街上，我相信我的绳上牵的是词；我牵来遛弯的从来不是狗。

*

那些像猫身上的短毛一样让人陌生的、惬意地盘踞于我们记忆中的语词，也是暴君般捕杀我们的语词。而它又是一个拯救我们的语词。总会有这情况，为了它们中的某个，我们会去自杀。

*

在睡眠之外，你就是只盒子。你走在其他始终封闭的盒子前头。因为你的声音是敌人（或是你的女友）。它是钥匙。任何人都能拾起它。然后你就会任由摆布。

*

围绕一个语词如同环绕一盏灯。无力挣脱，便会如飞蛾投火，一条死路。从不为一个观念只为一个语词。观念会把诗钉在地上，再把诗人的翅膀钉上十字架。为了存活，就得为语词找到出路，提出上千条最陌生、最大胆的建议，让火焰缭乱，就不会命竭。这会是无休止的起飞和头晕目眩的坠落，直至精疲力竭。

*

十个世纪圈起的漂泊骑士们的黄金路，爱之堤岸的水之围和焚化炉旁小学生的环形舞，正是白昼凄惨的结局。

*

恐惧绿得像水。

*

让出路拐弯。使白门翻倍。

*

言说自身，陷诗于尴尬之地。

*

授胜者以武器。

*

我在游泳女人们的双手中找水喝。

有某女士，她垂着头，头发剃光了。她的女邻居的上唇有一粒美人痣：那是弹片的留痕。虐待狂成为时髦。毁容少女们的疤痕是地理学家们未知的岛屿。人能同时存在于大海、地狱和空气中。只需走错一步。

我在游泳女人们的双手中找寻笑。

我认识其中那些有蜜糖之乳的女人；一只蜜蜂搅扰了她们的安眠。花园里，蜂巢占据着最好的位置，而床上，是唇。

我想在游泳女人们的双手中寻求逃避。

*

向真相报警，熊皮被窃，但坟茔旁的这局牌戏却有一种节制的优雅。我把赌注押在邪恶的火焰上。这是那位黑衣夫人，她厌倦了自己的奥秘，陶醉地解开了月亮裙子的搭扣：这就是被她利用的女儿。随后，是那个退休将军一成不变的鼾声。能理解懊悔的十枝铃兰吗？请把我的生涯之草还给我。曾有一段时光，我被爱过的那个春天存在着。黑夜夸张地表现出温室的忠诚；那是因为外面经常不像黑夜里那么冷，彤云其实源自内心。

*

窒息的语词里有些死去的肉身。每天都有东西因我们自己的错误，随着我们日趋理性而死，也就是说，随着我们致力于成为某些人物，某三四个人，与他们一起构建我们的习惯。

每次，只要人和语词再次变得渺小，就会出现死物。

*

有些人，虽然生命在延续，却只是未完成句子末尾的墨迹。

*

你是否问过自己，若清晨推开窗子，却发现四周只有大海，你会做些什么？

你是否问过自己，若清晨推开窗子，却发现四周只有你所在街区的街道，只有在你的房子之外更多的房子，只有居民，只有手摇风琴，你会找寻什么？

*

你的思维将你滥用。

*

有朝一日，诗会把自己的脸借给人。

*

一束火花！我们了解所有花的芳香吗？

*

大道的尽头，我们在一家药妆店门前停下。每只玻璃瓶里，都有止息的钟声嗡鸣。它们在宣告第六个时辰，起身的河马把玻璃橱窗片片捣毁。我们会沉沦于嗅觉吗？常常河流与海洋只是精妙的陷阱。每个女人都有自己心仪的香气。她们走向我们，像海难者走向大地。

*

镜中的这张脸抹不去从前的那张。

*

唯有读者真实。

*

同样

当你醒来时，你两眼发青；额头下两片草坪之湖，窃贼的两个巢穴。

那便是你的脸，像树上的二等品扁桃，斩去顶端、剥去外壳的你的脸，是奥秘的历书。那便是你的双臂，梦幻之锨，你的双乳，在它们垂死之舌般耷挂下来之前，耸起在自己弓弦的顶端。

亲爱的，你揉皱了一张我正待落笔不知写些什么的白纸，你揉皱了蜷缩在你眼皮里的太阳，就像在一个地窖里，顶棚随人们呼吸加快而坍塌。为了让大地像你，你只需完成一个动作。

在你的内衣里，我发现了你安静而清凉的灵魂，你的清泉之名令我惊恐。墙上，是尖叫的披巾在贪婪的刀丛中扭动，而其中有你的影子，它的统治在同一时间靠近了瀑布的阴影。

*

只有通过沉默才能抵达的他处；蓝天。

*

进入沉默，犹如进入教堂。人一旦落座，便和灵魂一起，与热忱、与主格的你和宾格的你同在。

*

某种沉默的秩序与它的圣徒、它的祭司、它的先知同在。

*

眼睛刺穿沉默。声音、意念刺穿沉默的耳朵。

*

无思，无欲，碎断一切缠结。

*

迫沉默销声，逼鼠们鼠辈。

*

沉默中，如在睡眠里，生、爱、死皆在世界之外。

*

由于你，万物失去了标准和理性。何谓高？何谓更高？一切均由内心解读。再没有什么不可以确定。

*

黑夜是个千足巨人，看得到它蹄脚微光闪烁。白昼是只母羊，听得见它咩咩声渐行渐远。

*

太阳的童年、壮年、老年。你以为它消失了；在可视之外，它再次炫目地上路去往安眠。

*

雨之上，太阳因渴而死。

*

那小姑娘在墙上画了一个圆；那是大地意外长出的脑袋，双眼中分泌出怪物。

果实即将滚落，它们也要腐烂。

起风了。没有什么不能发生。

羸瘦的大腿和惊恐之嘴圆张的时节。小姑娘憎恶她所揭示出的东西。闪电让她害怕。但她无从逃脱，因为那是她自己的不幸。

*

树木不了解枝丫的需求。大暴雨随之而来，众皆惊诧。晴雨表指出："美，凝定成形。"会不会有来客提示："或许那是战争？"于是，大家理解了为什么会有那么多死人、那么多雾和那么多血，还有死者被连根拔起的笑声。但在战场上，游荡的小姑娘仍能装满一篮子樱桃。随后她去市集上出售英雄们最隐秘的思想，她在那儿很出名。

*

他最后的住址是“圜丘广场”；可他生活在非洲，住在一个有黑姑娘照料的窝棚里。报章纷纷预测灾难，但他并不读报。当灾难发生时，各个大陆无非是一片可怕的灰面糊。他也因此能在门楣上刻下：“圜丘广场”。

*

沙上有人抹去沉默的痕迹。

*

沉睡是唯一的回报。

*

石头是审判者。

*

在水上建造（所有边缘无用）。建造在想象中的大理石上。

*

诗是夜的女儿。一团漆黑 。为了看清它，要么用手电对准它——此即为何在它愕然怔住的那一瞬，在众多诗人眼里如一尊雕塑——要么闭上眼，娶黑夜为妻。既然它是黑夜里的漆黑，视之不可见，诗便会用她的声音来使自己为我们所见。诗人会被她打动。他不再诧异：当这个令人信服的声音为他呈现为一只手的形式时，他亦向它伸出了自己的双手。

*

常常，看见便是熄灭。

*

有一个古老语词的收容所，类似于世上的一间间养老院。

*

句子写成即告死去。语词比之活得长久。

*

词拥有众多故去的美貌女友，有时它们让坟茔鲜花怒放。

*

有些诸如“唉”一类的语词厌倦杀戮，选择独处。

*

一旦人们就每个语词的含义都达成一致，诗便不再有存在的理由。

*

一种友谊，或许无非是某类词汇的交换。

*

传说。诗是夏娃（诗歌）某日送给亚当的那只苹果。（为了从他那里不断重生）

*

语词的记忆。语词拆除记忆。

*

从夜到夜。我的奢望是用浅浅的虚线勾勒出诗的旅程。但出发和抵达的路线却奇怪地混淆了。只有一条粉笔线，像在虚空中劈出的一刀。被觑视的话，我不过是巨大双臂上的我的眼睛：两只无理性的瞳孔。

*

随着诗的来临，晨曦和黄昏重又变为黑夜，那是夜的开始和夜的尽头。于是，诗人像海上的渔夫一样，向黑夜撒下大网，为的是抓住不可见中的一切嬗变，这些无色的生命不计其数，没有呼吸，没有重量，却使沉默盈满。诗人出其不意地夺取了一个抵抗的世界，却不知其极限和权能，尤其是既已攻占，就要防其灭亡；构成这个世界的生命就像鱼，与失去王国相比，它们更偏爱死亡。

被每一个永生的幽灵无止息地萦绕着，诗人撕开了丝绒的帷幔，奥秘的眼皮。

*

黑夜，小姑娘打开拳头；女人打开黑夜；她的成熟葡萄之拳，她的时光退却之拳；她的亚麻之夜；她的五指攥起的拳头；她的夜，那每个人的、所有人的和无处不在的夜；她的拳头，指针闪亮的透明刻度盘；她的夜，神谕连结物的唾液；她的雨丝之拳结成一束音乐之纱；她的塔布[1]之夜；她的梦幻拱顶之拳，她的钻石海绵之拳；她的同谋之夜。而这便是你众所周知的供认：“我是谁？从来不是同一个。你曾拍打喑哑双眼的门并因为我后退而以为越过了我的前额。但对于我，你永远是缺席的。”——她的拳头的阴影之拳，她的拳头的爱情故事终章之拳；她的鹳鸟筛选之夜。而这，小姑娘，我最终能听到的，是激流之河床上你的心跳，你那世界沉睡之树上的脆弱的心，你恐惧的黏土之心，你心的指环，你心的小舟，你期盼的你心，那黑夜。

*

诗唯有一种爱：诗意。

*

手臂轻柔相交，像一张吊床。

*

让水底翻上水面，石头跟着石头。

---

① 塔布（Tabou），美拉尼西亚和波利尼西亚原始宗教的观念之一，原指被认为拥有曼纳（mana，指一种非人格的超自然神秘力量或作用）而不可接触的人或事物，后泛指为禁令或禁忌。有学者认为，塔布观念与基督教关于罪的观念相类似。

*

生生走到“人”。

*

轻轻地，路过的风撩起了泉水的裙子。

*

清澈的水将自己交托给自身的价值，我须直入诗中，穿过所有的句子，关注其变形，首先是最玄秘的变形，那种包括使之不成其为水的变形。我将去到空中向它致敬，在那儿，它按其在睡还是在爱无所谓地起着或云或雨的名字。我将为了欲望，为了承载每一步行走的大地，在植物的泪雨中向它祈求。我将夺下它送给欢乐，送给富足的人，送给它自愿为他们成为一条河的那对夫妻，送给它自愿为之成为一个湖泊的那种孤独，送给它曾自愿为之成为大海的那种痛苦：那是暴风雨的大海，四桅破碎的大海，溺水者和晨曦的大海。而此后，我会任其在死者中流淌。在他们的荒漠一隅，它将创造出绿洲，我们的回忆和我们的祈祷将在那儿盛开。我还将请求它为绝望这位羸瘦的、让屋顶和街道喋血的王子解渴。我将请求它满足汗水的愿望。

*

黄色呼出木乃伊的气味。

白色亮出白昼的喉咙。

蓝色泛起大海的灰烬。

*

为了看见，为了触摸，诗使用了人的眼睛和手（情郎自爱人处借来）。

*

一旦适婚，意象便只思婚嫁。

*

为遵从作家的意愿，意象有时会屈从于理智的婚姻。她的生命延续，等待着读者来使她离婚。

*

喧闹市集，群蚁密匝，众目鸣蝉。

*

绳索，冷却的肉身。

*

追寻意象。我所害怕的是重新见到土地。于是，我收回我的名字，确信已勉强摆脱了疯狂与死亡。

*

我总是把自己的指尖当作她秀发的起点。

*

一旦褪去衣衫，每个女人怀里都藏着一只解放了的小鸟。

*

幽默是诗。喜剧是散文。

*

断无在同一条便道上两次超过同一位女士之理。

*

幽默的是，这个看不见的男人遛着炸药包，炸药包却背叛了他。路上的一切都炸飞了。

*

“您没心没肺”——音乐会开始前，有个寡妇对情人说。“那是因为您的丧裙让我想起了您已故的丈夫。”“裸着，我一会儿就臣服在您的唇下了。”——于是，她一边嘀咕，一边脱下丧服——“让您不仅仅拥抱音乐。”

*

令人惊异的女人。如此年轻又极富才华。她让鱼一会儿出现一会儿消失。真是漂亮的水的魔术师。“待会儿要被淹的就是我们了”，邻座不安地对我说。但倒是鱼一条条站起来了。一小时后，玻璃鱼缸底部，只剩下一张燃烧着的节目单。

*

人们可以干掉小丑。可没人想要杀死幽默。

*

蝴蝶作圆柱的领结，或许就像每个音乐家都会害怕的跑调，因为它过于纤巧。

*

嘲讽与生命绝缘。它属于死亡，是死亡的可憎模型在人世间的展现。它是活在同类们边缘的造物，如教士与残疾人。

*

幽默似豺，以食尸为生。

*

像盲人需要手杖，幽默靠怀疑运转。

*

罪行有其逻辑，幽默同样有之。

*

盘子里有梨，人就不至于饿死。给你留下了一把餐刀，但没有叉子。我们在图尔-萨蒂侯爵家里，一扇窗面向音乐河敞开。他的地窖里老鼠遍地，但他的酒远近驰名。有十二位裸处女准备好随第一个信号便献出鲜血。侯爵热衷于口述回忆录，与此同时，城堡附近，一个乞丐正徒劳地为自己祈求一个名字。

*

绝望之蠕虫受雇于嘲讽。

*

在双关语的彼端，意象有了自我意识。

*

一个衣衫褴褛的小姑娘在其苦难的非人洞窟里找寻她的母亲。

*

你的手臂在我的手臂中，爱的自缢者的活扣。

我们不懂得土地。

女人，我肩膀的同谋。

*

什么样的床罩还盖着那个男人和那个女人，他们的手臂松开了吗？

*

诗是剑，以音乐为鞘。

*

养三条狗，几只金丝雀，人就能造出自己终生的牢狱。

*

首先，如果不是那个作为他者的她，你是谁？

*

多亏这些大路，人们得以给痛苦以周游世界的方便。

*

新衣服的可怜之夜。灌满盐的路上，那么多船遭遇海难。太阳啃噬螺旋桨。人们在风中古老痛苦的灵魂夜总会起舞，水手们喊叫着，赞美那个没用的浮标；人们只知道按世上的时下方式行事，发出温柔的、无人理解的爱之哭喊。空荡荡的啤酒馆的可怜之夜。三个醉鬼吼着一首流行歌曲。可还有谁仍在否认爱情？面颊的清新是我们的故事。那个紫衣女人决定一切。

*

那些信仰熟睡少女们双眼的人可将赌注押在这一瞬间。死者们数不清的纪念碑并非那唯一背叛缺席的；模范寡妇们的合唱和面颊上饱受蹂躏的皱纹同样并非唯一。有一个敞开的洞窟，你使它鲜花密布。秃鹫们认出了它。有一只手警醒着，在荡妇们的胸脯之上；因为所有财富都不再受到庇护。玛利亚、莱奥妮德、卡弥尔，天空对她们也亦步亦趋。这关系到及时地重新发现那把从蛇中造出一个天使的锁。

*

人总是被一个奇迹拯救。

*

在圆柱顶端，大地中断了它的联系。忠实的狗，较真的狗，永恒的狗，别理睬那些在关闭的大门前等着的人。

诗迷恋上自己，它是纳喀索斯[①]。

① 纳喀索斯（Narcisse），希腊神话中的美少年。有一天他在水中发现了自己的影子，遂爱慕不已，难以自拔，终于有一天赴水求欢而溺亡，死后化为水仙花。后心理学家便把自爱成疾的病症称为“自恋症”或“水仙花症”。

图景

有时，在某个同谋者的协助下，语词改变了性征和灵魂。然后它嘲笑我们的目瞪口呆和惊骇。一群仰慕者亟亟为它喝彩。将来谁还会谈起这些欢呼的残酷？很久以后我才意识到，它是如何为了从自己的诡计中得到更多乐趣而不动声色地把我们拖进了它预设的舞台场景中。节目单上，是一旦演出结束我们即要索取的散文或诗歌的片段。

鹰把时间别在光上。

*

语词在被征服的明亮周围展开阴影的饰带。

*

性永远是一个元音。

*

站立着，人倚自己而立，如在镜中。

*

小姑娘给自己的脸颊鼓气：脸被发现了。

*

听，水低声地拼出貂的名字。

*

雪白净了眼睛。

*

重读自己写出的东西：欢宴的翌日，在装饰一新的大厅里重归孤独。

*

语词常常与选用者同龄。

*

作家的艺术在于一步步引导语词对他的书感兴趣。

*

语词选择诗人。

*

与诗人一道，语词雄健有力地投入抵抗。

*

一次次的肉搏战，有时血淋淋的，标记出了一部作品的各个阶段。

*

思想可令语词有机会获得权利。

*

丧失理智的人是语词之叛乱的受害者。

*

淹死骰子吧，手指会变成救命绳。

*

孩子们的习字簿满是奇形怪状的创造物，这种残疾大多起因于拼写错误。

*

水把自己交给火，为熄灭它。

*

取出内脏：把世界的声音还给世界。

*

眼睛，生要耗时久长，死亦是最后一个。

*

一首诗中，回声与沉默同等重要。

*

多亏了韵律，诗人才保持住了语词想从他那儿夺走的平衡。

*

有一个时刻，为了变成磁石，眼睛不再去看。

*

意象由梦想它的语词生成。

*

长久身处异国，诗人用起诗歌来，像个译者。

脉

——献给玛蒂娜和欧吉利斯·瓦塞夫

一

一个小姑娘睡在沙里

剪刀开闭，为了沿夜

展开的路灯

为了截断墙壁

截断路，合上眼皮

看见，但不再退缩

二

骑士们放弃言说

英勇的花岗岩骑士

血肉战胜了森林的大理石

鲜血继续淹没

鸟儿捍卫的树叶

从窗边听去

田野燃烧有如麦秆的声音

从窗边听去

大地飘摇有如软木浮于
水面的声音

安寝时，你的手是血管和皮肤的
深深鸟巢
远航时，你的手是有着指甲舷窗的
奇怪小舟
骑士们的矛枪是在谎言中
变硬的泪水
他们的马是路上
铅重的云

人们不再知晓分开
天空与世界的距离
从你到我，从你到我之间
甚至没有孩子之一肘的空间

每一钟点的额头掘挖一个
一直越来越大的洞
顷刻你便会像话语和光亮
不再有形状

骑士们有鸢的功勋

锯鳐和太阳的能力
尘土拒绝蒙尘你的眼
你的睫毛已击退蛆虫

从窗边望去
陶醉的田野旋转如蓝色的飞去来器
从窗边望去
在海难的中心，大地向每颗星星
抛出救生索

在深渊之底
青草夜间生长

岛屿是屈身的乞妇
在接受大海的布施

你与秀发独在处
千只蝴蝶飞舞

从你到我，从你到我之间
甚至没有一片海藻的厚度

沙滩上骑士们晚来

夜潮大口倾吐干渴

你脚下的影子是寡妇们前来
收取的暗影风帆

受难者们的尖叫是石头
脆弱茎端上的刺

颂唱着新芽和黄沙的骑士们
映现在一枚枚露水勋章里的脸

三

头顶光环和遗忘之束发带
疯女在自己的影子中认出自己

某个世纪的断头人
脖子——无知觉的井
夜为他们戴上无尽的项链

沉默是潮湿的声音
刚刚被游荡的人察觉

在苦涩的国度
只有靠嘴唇才能生存

四

不守纪律的耳朵
一出生便吮吸声响

风搓来揉去
预言变为回声

被俘的仙女们
为了爱
拒绝奇迹

暴雨击碎闪电
它尖锐的武器
是被取消的哭喊

五

它的气息改道
碎成一片片的传说

不知去笑，亦不知去虚构

各个世代的骑士
骗人各有招数
你难道不相信记忆

让招数散播！
烟鬼们没有耐心
烟雾是无价之宝

骑士，你们的敌人
令我们的脸皱纹滋生
使我们的备忘录一团漆黑

每一皱纹都是一道沟堑
每一语句都是一条饰带
思想便是火山口

骑士就是秘密
它染黄我们的纸页
熔岩啮噬大地

拿起是为了被拿

泉边延迟一刻
狱中鲜血顿流

锁链是我们的视野
我们重宫深锁的伤口
我们展示部署

众城摇摇欲坠
压在我们肩上
影子集齐钥匙

万国起锚
钢琴无键
港口消逝于城门

骑士催眠
劫走你们的马缰
你们包围起微不足道

声音是床单
瞳孔是枕头
你们迎击种子

焦躁野性难驯
我们的坐骑之马鬃
飘荡在双臂间

人们按着白昼的血管
号着空气细腻皮肤下
对话的脉

六

在目击者的地平线上
有牧歌火焰的轮廓线
沙废黜了海难
失去的王冠 国王看到了它
一整天他都对着它
戳戳点点 每块石头值一滴泪水
一整天直到夜晚
我们终于得信
写作的火线上
囚徒越狱
他触电而亡
在机运的脚下他的影子
依旧站立

恒心

须发的故事

一

剪去大海的水与盐之发绺
刮净岩石和卵石
用梳子和头发做出一棵树
清扫海滩
把无用的毛发和着海藻扔进大海

二

长河的棕髯垂过我家乡之膝
夜以继日
它从来守时
豪放的理发匠

三

它们走下山冈

双眼蓝过鲨鱼的饥饿

蓝过天空的腋窝

自拂晓处支起大地之颐

石头的故事

一

鹤嘴镐试图凿穿

太阳从未能穿透的

空洞石头的秘密

它们是何等坚忍

俯身伤口

这唯一的财富之上

不知要到何时狂热才会给它们镀金

二

白昼在地窖 在侧翼

在雌雄同体之性中遭到打击

血的白昼，在波浪之太阳穴上

在潜水员的掌心里

口中噙一朵花的名字

一束火焰之名，于蝴蝶的翔迹

在废墟的深处

三

人只能一次

刻一个名字

在死亡中

只有一次被颂扬的权利

在独此一块的墓志铭上

远行的故事

一

最温存限期里的
一只流放的拨浪鼓
它在路条上的影子
斜斜的，一朵玫瑰

二

船摆脱了港口的拥抱
像摆脱了女人疲惫的双臂
遗忘登船了

三

明天你不再认得大地
白发如海
或秃顶似礁
驼背像丘陵
树木成棍棒
明天你再也没有名字

在匿名的肩膀之间
你为自己开辟出道路
在你的地平线上
一个寡妇铺展开衣衫

四

鸱鸮作风标
鸱鸺为镜鉴

语词的故事

一

暴风雨伴着绝望的笔杆
人们对写在大地上的文字一字不读
像孤独的你，面包师可能会
把最美的，每一个心爱女人的音讯做成面包
面包里的字母合拍于男人们的脚步
而后在麦田里向着太阳轻摇

二

白昼的猎犬群壮大了
狩猎之壮举的文章
号角重聚起狗与枪
岛屿淹溺它的破衣裳
陋室吞没它的轻屋顶
今年会有大洪水
逃跑游向身体
闪电游向心灵
但长颈鹿不急不慌

三

从每一粒顽念的种子里
语词急不可耐地现身
像不被理解的武器

眼睛的故事

一

群鹰萦回于
砂石料商人的王国
鹰爪上嵌饰着瞳孔

二

以付出黄金为代价的新妥协
去与每一缕光搏斗
颈上的套索
以刽子手为人质

三

沿着苍天的堤岸
人们点头致意
粗糙雕刻的带符号石版
沉落水底的锚
嫉羡的记忆
盐珍藏起永别

四

暮色
带敌意的索回之紧身内衣
曙光
出世的珐琅杵
裸女
在画家通透的眼中
步步攀缘

五

死亡为新娘
戴上祈祷书的手套
系上冬青枝的腰带

六

黄毛覆体的被围捕野兽
粗大的毛孔里含有白昼
城市对狼嗥叫

七

高跷上的高挑猎手

八

为如画风景般的灰烬队列
为民族之常春藤的妨害
为平衡众多骇人的双下巴
大地咳出它的沉沉老铅

黑盐

在视觉之心

我活在切掉了喙的鸟群中。鸟儿被狗包围，狗被苦役犯圈着。有时候，清早，人们还看到棍棒。但总是，时时刻刻，那些绷紧或僵直的手。狗在死亡的纵笑声中擦伤，鸟在断头台的幸福时光里蹭破。在血中，它们口授，我写。

*

空箱子里面满是露天咖啡座，在那儿人们用街道束紧了长裙，屋顶戴着怪帽子。花儿总是转向渴望它的那人。过去，在被绝望扔进了水中的箱子里，曾有过一只大鸟笼。海滩在那儿赎回了自己的贝壳项链；但把项链藏起来的人却再也找不回自己的脑袋。

*

蜜蜂在正午时分勾画出的路径或许最不靠谱。在有亲密网眼的镜子里，那么多脸在挣扎。只要照过一次，就一劳永逸。在反光中啜饮，靠自身行为喂养。但植物怀疑过它吗？

*

蜂箱悬吊于光。在蜂箱里，木筏上，一个倒卧的男人等待死亡。苍蝇在四周盘旋。他嘶嘶的喘气声像钉进黑夜的一枚枚火镞。于是，在不幸中，人们抓住这些火镞当作星星。黎明时，悲痛，没有尽头的线，大步走遍世界。

*

散乱的大厅里，桌子中央，一座岛在人们平静的梦中挥之不去。那是奇形怪状的植物群轻取的猎物，其尖叫声混同着我们的尖叫，我看见它消失在了数千只海鸥的重压之下。为了解救我们，燃着的雪茄在海鸥的头发上徒劳地钻孔。

孤独的信号

从火中取其针。

*

对削声音之果皮的人来说，沉默是粒果核。

*

针的眼被一根线刺破。

*

冰破裂，访客便能现身。

*

过滤后水仍是水。

*

遽然变轻，原来监狱浮在了水上。

*

水塘发明出睡在自身上的快感。

*

念出，词翔飞；写下，词泳游。

*

墨水固定流水。

*

书写的纸页：渔夫夜间出没其上的干涸湖面。

*

一个词的落败能导致一本书的垮塌。

*

为了保护它，作家在语词下撒开诗人拒绝他使用的网。

*

行进中的苦役犯们，被铆定于大地，运转起大地。在跌倒引起停下的时候，人们辨认出死亡。

脚下的青草拯救了大地的脸。

*

羊群经过，树亦咩咩幽鸣。

*

从一口井到另一口井，干渴千辛万苦地辟出一条路。

*

喧闹嘈杂的洞，钻石在那儿对聋子们说话。

*

诗运载着陌生的语词和意象。诗人畏怯地为之加固河岸，修筑堤坝。

*

诗也了解洪水。

*

语词拥有人的胃口。

*

有些作家，其作品只是语词的食物；另一些，是排泄物。

*

唯溺亡者可以论河。

*

源头密切留意着一首诗。

*

诗人赋予作品，名字。读者赋予作品，想象。

*

大海追逐骏马以盗取涎沫。

*

在该死的白天，猫头鹰供奉双眼予死亡。

*

白昼繁育镜像。黑夜废止它们。

*

荒漠里的一道影子便是生命的同义词。

*

饥饿，便是生命。

*

墙制住了太阳。

*

挖掘，便是步幽灵之路。

*

无限便是幽暗。

世界之壳

（*1953—1954*）

献给勒内·夏尔[1]

① 勒内·夏尔（René Char，1907—1988），法国诗人。年轻时受超现实主义影响，第二次世界大战时参加抵抗运动，与阿尔贝·加缪结为挚友。法国光复后被授予骑士勋章，并出版多部诗集。1983年，其全部诗作被伽利玛出版社收入“七星文库”出版。

无情的女人

她皮肉的拒人之手
是拒绝的紧身内衣里
暴风雨的乳房

最美的动作已亡

她抓起祭饼
鲜血变成
蚂蚁的水塘

目光任由梦幻过滤

树木穿戴着
自己的水印
和满身树叶

鲜花免于被估价
果实之味深不可测

毕加索的天空

长着稻草眼睛的死亡
从来不发火
死亡历灰烬而重生后
更高傲衣帽更光鲜

充满殿堂之沉闷的死

毕加索的美丽太阳
公牛的犄角
遽然刺穿
斗牛士的天空

一群马拉着
世界走向无限

月亮那执簪的女王
甩出月光的套马索
围捕灌木

传闻它们逃脱

而后重新入座
危险被遗忘

吊死鬼发出尖叫
女佣被惊扰

死亡若镜厅
画家遗失其脸

若你尚欲思考

最小的星星

有着水池之眼的头
在干渴中被剃的头

切下的手在大海中 两条
雨水之腿 天空更低

在野蛮黑暗的两夜之间
在专制的两次分娩之间

一颗最小的星在他脖子上

僵局

欢快的

喷泉

痛苦中

雨水的脚步

没有希望的行迹

遗忘 僵局

行进依顺坦途

哭喊倔强坚定

扶手萦绕人语

门户间呼唤蔓延

邻人与邻人交换无限

喷泉

在一把把雨伞上

实现水的复仇

孤独之痛

无刺

镜子

在相似性的宿舍里
树叶有它们自己的思考
石头们了解被蜜蜂
染得金黄的声音
白昼深切联结起
它们的听觉它们的失望
为了时光的空气和水
大自然舞蹈
土中每一青草
有只行走的跣足
但你永远也不会听到
一声疲惫的呻吟

我从沉闷的国度给您写信

像爱人的手一样美
在海上。
一样孤独。

我为您而写。痛苦是一只贝壳。我们从中聆听心灵结珠。

我为您而写，在牧歌的门槛上，为长着水树叶、火荆棘的植物，为爱的玫瑰而写。

我徒然地写，为我的死亡留痕布下的闪光语词而写，为永恒亏欠着的生命瞬间而写。

像爱人的手一样美
在字符上。
一样孤独。

我为所有人而写。我从沉闷如苦役犯脚步那样的国度、从每座和其他城市一样的城市里给您写信，那里，伪装的哭喊蜷曲在一扇扇玻璃橱窗里；我从睫毛一点一滴地瓦解掉屋中寂静的每一房间里给您写信。

您，我命中注定的收信人，您是我写信的理由；您是白天和黑夜的欢快启示者。

您是天鹅的颈项，渴望着蓝天。

像爱人的手一样美
在眼中。
一样温柔。

我用喘着气跑来、面色红润的鲜活语词给您写信。

这就是您，被语词环绕。而我是寄于我身的所有语词，每一语词都在用我的声音颂扬您。

我需要您，为了去爱，也为了让选择我的那些语词爱我。我需要在您的指爪下受苦，以便在诗的累累伤痕中长存。

箭与靶，轮流交替。我需要您的全权支配来解放自我。

语词教会了我不信任那些有形的事物。

脸是被追捕的眼之避难所。我渴望变得盲目。

像爱人的手一样美
孩子的微笑。
一样透明。

我梦见我五岁时的玩具。一旦为我所有，它们就成了我的主人。给我之前，我觉得我能随心所欲地摆弄它们。但很快我就发现，虽然我可以随意毁坏它们，但如果我想让它们活着，就必须尊重它们的构造，尊重它们不死的灵魂。

语言也是如此。

在小学习字簿和成年后的笔记本中，我都亏欠语词太多的欢乐和泪水。

还亏欠它们我的孤独。

我亏欠语词我的不安。对它们的问题我有问必答，那些问题也是我正在燃烧的追问。

地平线

一

港湾
大海的花苞

马，泡沫的鬃毛四散奔逸
口中的，马衔里的地平线

贝壳是无尽声响的
一面面彩画玻璃窗
被置于研碎的宇宙沙粒上
鱼群，一群晕头转向的人质

那边是另外的阵响
海藻窒息的尖叫

散发着告别的香水气味
少女
在荒芜的花园里
扔掉手帕面纱

卷拢双手传声

诸世纪拄着死亡之树的
拐杖拄着被征服枝丫的
沉醉

（诸世纪身裹贪婪的树皮）

坟墓是舟楫

船长坚忍
船员无踪

那边是另外的囚笼
有奢华的展示

同一个太阳
样貌的囚徒
同样的蜂群
锁链的后嗣

港湾
大海的花苞

第一阵狂热
已届青春期的种子

大洋施咒
田野

雨雨雨雨
颂祝丰收

二

夜呵，这夜
难寻的镜子

三

少女身携燕子的伤口
春天迎风卷裹你的
秀发

太阳
一领望远镜

聚焦向愤怒之火
爱情之火

一瓣蒜，一翼扇动
古老奴隶市场的意外遭逢

悼亡诗二首

——怀念保罗·艾吕雅①

一

街衢衔哀
路灯知夜

意象中
我藏入被逐
魔术师们的镜子
炫目的青草钥匙
太阳
在应许之手的可及里
战败的暴雨
赠出四散的箭矢

我看见

① 保罗·艾吕雅（Paul Éluard，1895—1952），法国诗人。1911年开始写诗。达达主义、超现实主义运动的发起人和参与者。第二次世界大战期间参加反法西斯斗争。一生出版诗集数十种。《法国当代诗人》一书评价说，“在所有超现实主义诗人中，保罗·艾吕雅无疑是成就最高的作家之一”，“他精通如何把‘荒谬事物的不断同化’有机地融入他对自由的无比渴望之中”。艾吕雅与雅贝斯私交甚笃，他是最早向世人推介雅贝斯的法国诗人。

教堂门栏里

平静管风琴讶异的脸

齐整脚步的散落

缘檐藤蔓的慵懒

街衢衔哀

路灯知夜

吞没之地、雕造之梦

托付的

意象

四季的声音色彩

人们不信

却为之殒身

发薪日、失眠时的

风景

街衢衔哀

路灯知夜

我看见

深渊，只只褪色钩子的栅栏

重返光明蚁群的

长长队列
睡眠是它们的历史
是钩子们从伤口到伤口
不断转述的传奇

我看见
群群窟窿啃墙
石头贮存于玻璃的
无尽精神之路
木头投身奇迹之火
终于成火

我看见
自己的双眼随灯生灭
像时光点燃又抹去的双子湖
它们底里的宁静吐气如兰
起伏出芬芳数瓣

街衢衔哀
路灯知夜

二

夜

藏身在你死去的

那一夜

星星重复星星

大地拥有我们的声音

黎明没有面孔

为了爱与死

我们把你的脸借予黎明

夜

藏身于众牧歌的

夜里

正午将在石上欢笑

你已与石头酷肖

我们将在石上刻出

你的名字 雕出美丽叶饰

在石头上

在徒劳撼动石头的风里

你的名字会是露出

睡眼惺忪小鸟的
绿色网眼

你曾以为向语词开放空间
就会失去语词
冬日，以它们翅膀的忠诚
语词再次温暖你心

语词
和你用男人的手指
发掘出的宝藏

一旦认出我们
就会向我们靠近

剥皮的树湿漉漉的草
独自见证着风雨
在阳光初射中

我们的伤就在我们眼中
时光，沉重的眼皮
不会让我们失明。

对你，我说

对你，我说。回声。传送造房子游戏方格的珊瑚。今天，喜讯闪光。对你，我宣布欲望的馈赠，没有航迹的大海，嘴。

对你，牝马头不守纪律的峰巅，白雪的马嘶声，那边，没有榜样。

对你，激怒的爱，首要的真理，与栖息的石头恒常一致的期限。

对你，只为你，大蜡烛的葬礼，岩石的颂歌，符号未被侵犯的自白之证。

*

受伤于你的天真。鳞片。空气和水间野性的联系。一旦得救，袒露的胸，腿，都更美丽，波浪的伴侣。

爱的羁绊轻松逃逸。

*

数字。首饰盒。觊觎徽章的游戏。字母表，变大的口疮。嘴唇与句子一同爆裂。

在这儿，我铺展。纸页，厌烦的国度。在这儿，我繁殖，我栽种，我建造。墨水密封起土地，堵塞河流，止住雨水。

*

对你，我题写献词。沙。对话的果实，渐红的水藻。

瓦砾中的盐，缩减的海滩。

*

纹丝不动。灯的反驳。

明天被手的惊奇一切两半。

有节日般双眼的少女

门向清晨显出
路的疲惫

*

山间的小径
是记忆的骡马

*

眼色解开秀发
睫毛的大胆举动中有招致不幸的
意图，内心的命运

*

船夫们，从树叶到根
拖动起那目光

*

当迷失的苍穹死去

朵朵白云仍在

*

掷出　全部距离废止

石头拟申请特赦

*

光交出自己的秘密

夜是一个新的机遇

*

客体自身带着目光的

长指爪

激动的风景复仇

*

空白，为了证实
屏幕已洗净

*

眼睛可用以发芽
眼睛可用以交换
眼睛可用以播散、会聚
清点、标记、联合
使人满足

*

两岸之眼

*

仿造的奖章
在亲密者间
颁发的荣誉

*

话语是一道目光

沉默密切留意着它

*

目光有腿为了行进

目光有肩可倚来入眠

*

而手

想象

*

如此美丽挺拔

被守住的秘密

土地的守望者

第一个声音

我有备用的大笑
遗忘的自卸车
只只截去黑花冠的失眠宝盒

我有我的词摹画的你的嘴
（用你命定为我备下的词）

我有你的两手天地间偶然的同盟
我教你知晓过它的分量

我的爱呵
醒来的厚密青草中脚踝的色彩
死亡在其阳光满身时毛虫的色彩

陌生的声音

一间间寝室的不具名中
语词醉心于镜子

泪水直立灯盏暗淡

世界的背面，孤独的世界
入眠时拥有同一张面颊

第一个声音

屋顶上，我捏揉面包——鸟儿们成型
我有天真的修长手指

面对盛开绢纱的你的声音之亮
面对散开秀发的它之暗暗低语

长久地，我注目于石头生长
它们的姿势便是思想 我居留于

你困惑创伤的浓雾
像身在大地取之不尽的财富里

重逢的爱人带着一本打开的书

陌生的声音

在哪个时刻哪句谚语里
水拾起水的跌落

我在注视中行走，蛞蝓的注视
它的家是因不幸变硬的眼珠

第二个声音

你走在我的注视那没用过的本子里
你的故事便是我的故事 你走在我的气息里
空气，阴影之棕榈林的草图 你走在
我的头发我的手臂我的舌头里
我是要跨越既软弱又强大的书写的
最后一级台阶 是浸满你的梦的床单

第一个声音

我们干渴的航迹
椭圆，似湖

陌生的声音

她是嵌着逃亡之根根芒刺的花环
是童年用波浪之肘激荡出的
片片梦境树叶 他是被淹的岛屿
水中结扣令旅行者迷航
光散放出的支支欢笑蜡烛是否
仍与鸽子的细脖颈同在

第一个声音

一领变化之祈祷披巾
在她和洁白的我之间

陌生的声音

夜是未婚夫们梦中的一轮指环
月亮那个疯魔盖子是他们的爱

第一个声音

脚扣镣铐缚于蜂箱
我的冷酷回忆之苦役犯

像乳头受伤的母狼
蜜蜂审判我们的封印中
古老的蜂蜡 而蜜是它轻盈的姐妹
我是你执意关闭的冬日百叶窗
我是奔向火炬的永恒源头
大地用风景的乳汁灌溉自己

陌生的声音

湛蓝碧空始终和谐于苍空之白
坠落是秘诀，目的已消失
笔尖淌出的墨水把汪洋还给汪洋

第二个声音

小舟是从一岸到另一岸间
小小机运的链环 河流悄声拨弄着
灯盏 两个敌对的世界彼此倾侧
两座教堂相互给予 大钟下
少女们舞蹈在广场的猎猎彩旗中
来自远方的你我，离安寝的车轮
离那向艄公的新月许下的好运那般遥远

第一个声音

你我离王冠的闪光之墙那般遥远

偶像

你的眼窥望着
那黝黯的竹林
观察你的他人
看你 一盏孤灯
鲜血擦
我们废墟之屋的窗
斑驳暗影里，你循踪
死者 沿我们的足迹

铁丝网清新
人以玫瑰刀刃相互致意
情人们脸对着脸
他们的声音种下重重声波
从这国度向着
你星际渊薮的家园

请置身
于水，它安睡在手心之水里
于空气，它在我们头顶的巨帽上
于沙，在我们脚的妹妹——青草丛中

请置身

于在圈中的北风呼号之风的羊群

于冰雹平台上栖身的喑哑母牛

于日夜犬吠不休的狐狸中

请置身

于建筑的绿色那升高的语调里

于窗那因岁月而厚重的窗框中

于装有喵喵猫叫轮子的风向标上

请置身

于百合花之别针上的微风美人鱼

于管风琴冷杉林里的丛丛秀发

于张张鱼吻的玫瑰色面包

请置身

于秸秆的激情那倾斜的塔楼

于巨大的风帆那生出铁锈的等待

于座座挂起圣诞大钟之城市的大海

请置身于

庄重的追寻，追寻那鲜花

盛放途中的行进

话语迎向唾液中升起的太阳
话语向三十二枝烛台献上亲吻

午夜
随身携着月亮的种子

白昼在大地的深处
在石头的浓雾里
在树枝泥污满身的梦中

白昼在野兔的鼻端
它的跳跃是一只只起身的玩偶

剃光须发的海滨是雄鹿的故乡
舟楫穿越的你的性
通过海浪咳出欲望

奇遇是长着盐之乳房的偶像
水手们混淆了它和干渴

疯狂的偶像

诗像你的胸
无始无终

爱笑的浴女
你们的双臂曲蛇般慵懒
散发着爱的气味

我们在你们的歌中寻觅
一处精魂与叶簇的所在
一个为我们的山丘而在的名字

叫嚷的针为它们的线喝彩
盲目的它们最终生出了作品

骄傲的偶像
诗是你的以鸣蝉为苍白胸衣的
露水瀑布的长裙

被淹没的浴女
我们从你们与火订立的
最终契约中现身

天空为虹之礼拜堂环绕

中有令人心悸的白鹮祭坛

请置身

于橡树喉咙里的声音之群鸦

于屋顶上的粉笔，为孩子们讲述传说

于海洋寝室里夜锚的安眠中

请置身

于携其蜡封的暂歇之飞羽

于满溢笑声的故园中

于时光的卫士那君王的栅栏前

请置身

于一座座桥的灰色航迹里桥拱的木乃伊下

于绝航舟船之上的夜那河流的灰烬里

于俯身在尘世游移树根上的渔夫们中

请置身

于有千百个海难绳结的岛链

于照亮芦笛的光芒之晨曦托盘

于湿润嘴唇上的只只火灾水泡

请置身于

前额的十字路口 美丽的思想飘过
街道，街上有语言支起的座座喷泉
金黄绒毛飘洒于清晨惊异的脸上

请置身于
我们所受奴役的倨傲岩石上
青苔的笔录

话语长着暗礁之蓝洞里的泡沫手指
话语在大山赤裸肩头之上的彩虹里

湖畔
磨坊躺卧
风车之翼的尖梢
麦子磨着麦子

我们在岸上
为猫头鹰的只只火炬
建起生之允诺

光在水晶中吱嘎作响
绝壁之花瓣的调色板

水牛裂开圆柱

红色的偶像
我们选择你气息中刺激的褶皱
作为我们之关联的度量衡

在灯塔上了浆的衣领上
你拴上铁和铅
系上带赞美歌之斑点的领带

痛苦在每个停靠站点数
秃鹫 它们的制服上缀满珍珠

沉默确凿
惊惧为钉子而备
墙壁露钦羡
死者吐谎言

我们曾见过暴风雨在苦恼之屋顶上铺砌石板
见过脚踩座座悬崖的礼拜天
见过哽咽在虚空镶嵌它们的彩画玻璃窗

我们曾见过倍受重视的草料般的时光

向夏日泼洒灰烬的香豌豆
见过溽热中群虎刻下热浪的爪痕

我们曾见过拳头深吸一口气
直抵云霄如复仇的松鼠
我们曾见过树木损毁自己的弓

诗是一条条道路将自己交予
竞争之源留下的残片

自然的力量统驭永恒
在其堡垒的内心
耳鸮把魔术师沉重的钥匙
挂上项圈

诗是在洞穴周围
拴住从偶像到狮群的绳索

请置身
于大胆的梦游者那受连累的难题
于被切断记忆的斑马之奔跑
于清除了被踩烂镜子的植物中

请置身于

森林棕色梦的不愈伤口

你的眼窥望着

与你同龄的炭笔画里

充满灵感的少女

强固是你的命运

披着我们的旗帜

为数个世纪裹缠

我们为饥饿雕镂

一把火炬的带着精美

雷电流苏的凿子

往昔从手中流走

你边走边拨开

小细棍般的睫毛

偶像向回声

打着无手姿的手势

四季

在冬天的雪下
大地焚毁了它的俗语旧谚
夏天，一只半透明的蛋壳
为秃鹰的神秘飞翔而在

女人的香粉翅膀
平铺在氰化物的胸脯上

夏天，恶灵的一蓬毛发
高矗于惊怖骇人的颈项

树林的喜悦容许树叶变色
怪兽的脚下有谜语伏卧

夏天是市长大人肚皮上轻弹的钥匙
入土城市的钥匙 将临城市的钥匙
众门皆需的唯一一匙

时光燃尽了它的城池
它的村庄 它的苍茫林木

秋天令灌木丛落泪
亦令它们双亲的幽灵含悲

与死亡狂暴冰指的相接
冻伤时光的手指

所有的窗户空荡
母鸡在梦中啄食谷粒
梦境碎断条条无聊路

天空浸透它二十岁生日的剪贴簿
恐惧使灵魂在裂缝里羞愧
伤痕起皱纹 痛苦仇已报
嘴唇却缺乏开口的勇气

优雅的时光打扮精心
缚护腿戴手套
为了向喑哑失明者
诉说隐情

石头给它的爱人们
自己各年龄皆同的肖像照
章鱼则奉上海难时自己幸福的经历体验

那么多鱼如此

好捉

在一个声音里摆尾

新来的语词发现大海

永恒开言其词焦萎

携着永恒之剪的男人

从光中剪下一道他的尺码的阴影

两倍的他，一个温柔巨人有着尘土之眼

常春藤拇指没耐心的地层

明天是一个无帽遮顶的外省

无青枝绿叶 无沁人香氛

是一口被自己的水出卖的井

干涸的脚步是带着希望的中空之洞

我与沉默在青草、空气中

制造的随意声音同行

我与风和拱顶古老的

晕眩同行 那是旅行者的

歇脚之地 血红艳在鲜花中

吸血鬼们常在花园恣意穿行

明天是一个没有上帝选民的荒漠
诀别孵化着它的葡萄
美酒徒劳地繁殖着它的
叶片　明天分流
每块界石的目光

冬天在第一个酒吧
燃烧它的白兰地

春天使万紫千红
和铜所求的坡地匹配

经由逃避时日
我们失却家园

明天是在每一个楼梯转角
瞥见的海滩
是在一个梦的慵懒空虚里
令人绝望的头发
明天是你的，我在
回忆的冲天巨浪

和乳房的倨傲
自毁中等待的你

乳汁在大洋中翻滚
像雪貂裹在它的皮毛里

天上众星
像簇簇骄傲的花束
在你的手中

你是火的一簇鬼火飘摇的青春
是痛苦的环腰深渊

花茎自孤独的绿色遮蔽物里长出
王冠从救世主歪向一侧的头上消失

沉默的代价

哭喊令声音飞迸
像石投水中
旋即无声
哭喊是一把刀
尖利无柄
手追逐着利刃
像波浪追逐河岸的幻影
并沉陷其中
人在水底残杀
美丽的血，那无名的湖
是沉默的代价

世界的变形

火焰的方式
坚持一丝不苟
为翌日比赛，出发时间已定
矮人们，摩挲四季的肚脐
得到欢呼喝彩
鸟儿们参与世界的变形
远走高飞以使众星终得展翅
头朝下，脚便不再有
存在的理由，除非破云而出
火陷落幢幢屋宇 为他自己
人可没有要求如许多暖热

被褫夺的瞬间

瞬间
　之退化
　　被从它
　骄傲的后代那里切断
　　被从它
　或黑或白的祖先
　　　那里切断

它累累的伤痕显露

　金子有模仿的
　　　天赋
　　有对坏天气的
　　　渴望

在你的门前台阶上你将会懂得
我们被遗留给生命的那个瞬间

异乡人

万物的搔首弄姿
似乎是它们的本性
世界是个小圈子
对异乡人冷酷无情
他的语言遭遇非难
他的举止屡被斥责
他的忍耐与谦恭
只换来恫吓和欺凌

海基之上

——献给菲利普 · 勒贝罗尔[①]

海基之上
声音平复热血
浪涛上是动作整一的
裸女是动作上冠着
泡沫花环的裸女
狂怒的她们是海岛的女主人
岛上有松，柔和的花岗岩制成
却开枝散叶结出果实
大洋，我们的犹疑和创伤终结于你
仅此一次便永恒标记了我的生命
奴隶营里铃铛振响像新生儿的
口水滴淌 需四壁的
耐心如铅如铁缚住苦役犯们的
信心 还需用上脖颈挂着
迷失小溪之项圈的死亡
海基之上
太阳是一只风卷其狂喜的

---

① 菲利普·勒贝罗尔（Philippe Rebeyrol，？—2013），1975—1980 年曾任法国驻突尼斯大使，与众多法国文化名流交好。

秃鹫

再也没有
泪水能在田野之水上开出繁花
再也没有反抗萦绕被出卖的小径
我对你们说过，路已留痕
诗人们的足迹确凿无疑
对生存的忧虑是朵被预知的花
具体的流放地是它的形和香
梦坐在它的两个行刑人之间
正是他们面色苍白

死亡的假脸

死亡的假脸
重新找到自己的源头
石头深掘之地人们旅行其中
法中止了肆无忌惮
那强大的障碍 道路
相交于潮涌目瞪口呆的心
直角是三的尺度
与夜晚密谋房间里的
灯光魔术同样简单
抵达白昼前你将久睡
我会隔绝你的梦像大海隔绝荒岛
你将入睡，伴着世界地图被互通过滤过的
小径纵横 但你的眼只有一道
目光
死亡的假脸
重新找到自己借自
传说的样貌
为了去死，画家跪在一道影子前
用带着精加工箭头的影子
制成了画笔

你将与遗忘——

灯火通明的广场上

男人之夜的喷泉一道入睡

你将入睡，那些翻落的桨

小船被丢弃给它自己

城市之钥

一

第一个声音

最后的血的审判中，严重失忆的王子
身在满满全是手的云里
在被强烈的抱怨一再打断的邪恶走廊里
在被蓝天不时勾勒出的哭喊的航迹里

第二个声音

作为黎明之众海胆的高产的午睡，诸海的睡之大师
寄身那看不见的人其光难料的心中
寄身不断重建又再毁的世界那嗥叫的中心

第一个声音

没落之日的王子，一旦大门强迫打开你的奥秘
便有蝴蝶在追命鼓的节奏中焚毁自己的翅膀
有孔雀，为被围捕的小姑娘露出说书人的无辜千面

露出陷入对自己不可能之爱中的万千昆虫足爪

第二个声音

力之根基的王子是城市规划之智者的敌人
鳄鱼于彼处哈哈大笑，长着淤泥脖颈的陡峭河岸
饥馁午夜之豺，你惊愕的痛苦铺其漫身星光
你统治每座穹顶每条干涸的道路
座座傲慢的钟楼矗起王子，倍受折磨的天空之靶

第一个声音

河流和嘶哑明镜的永恒告别的大师
向你的纯贞理性致敬的时刻来临，它的舞蹈充满你鸟的宫殿
在峰顶紫红色的痛苦中，在生涯惊厥的黄金里
千对夫妻变为许予沉默之烛，挑战你诸世纪的荣耀

第一个和第二个声音

未来你还抗拒未来吗

二

第三个声音

自觉自愿的无所事事

你的无益的辎重

第四个声音

狂热计点我们

哭喊为河堤穿上靴子

第三个声音

闪电睡觉时

你的白马之弧

便是九验法[1]

第四个声音

不期而遇

---

① 九验法（la preuve par neuf），即弃九验算法，又称九余数法。它是利用被九除所得余数的特点，用来检验加减乘除四则运算是否正确的一种验算方法。

符号的八爪鱼

便是九验法

第三个声音

超自然的海报

散发市郊的笑

账台的倦

第四个声音

你的空间被算定

妈妈有拴你在胸的乳房

太阳在那奶水中

第三个声音

自杀之海绵

意想不到的壁画

骰子的脚踵下

没有辅音

厌腻的银莲花里

没有记忆

第四个声音

尾随着白鹭的城市
有硫黄的鳍
水下的火柴
从一个溺水者到另一个
导引着自己的迷惘
一年中，从第一个
到最后一个听命的字母
被解救的河岸

第三个声音

靠在自身话语上的城市
巷陌，声带
沉默，代它受过

三

第一个声音

向饥饿的小广告问好
被激励起的面包芯扑向路灯

第二个声音

向失眠的葡萄问好
影与光争抢葡萄藤

第一个声音

向仙境的苍鹰问好
天真的心中做着游戏

第二个声音

向雪鞋向彗星问好
街区间交换着新事物

第一个声音

向海藻拥趸们的车站问好
人行道是被剥夺的海滩

第二个声音

向怀疑的紫色螯虾问好

分泌毒汁的痛苦活在海里

四

第三个声音

我看到
巫婆将发辫编结进拱顶的卷叶饰
怪异的三角帽飘动

第四个声音

我看到
拾荒者遮住鸟儿们用喙撰写成的
黄色小册子天空

第三个声音

我看到
在黎明时，在树枝最紧的搂抱中
娼妇们用树的那些树脂缝补伤口

第四个声音

我看到

小学生烧掉书本而后回城

回声的两座监狱之间有弯曲的空间

五

第五个声音

你的名字，我宣告给城里的每座水池、循你而行的每根圆柱——因为你属于雕像的世界——这些巨大而熟悉的柱身，我相信在那儿，我读出了一阵痛楚般的你的生命旅程中注定凄楚的衰老，它在你脸上印下荒唐之魅力。亲爱的，这只能是令人称奇的爱情，我已准备好在你的掌心痛饮我们的命运之泉。

我盯着你，就好像你正在自己身上编织着迁徙的亚麻裙，一旦完成我就要将它撕毁。你知此，且为了助我双手一臂之力，你激起它们的极度兴奋。

这件衣裳是从哪一缕线开始编织的呢？男人们的欲望，魔鬼的笑声，白昼善变的秀发，你不会放过任何一件武器来将其打造成最可畏的服饰。

第六个声音

你的秀发守卫着鲜血隐秘的嗜好。

第八个声音

夜为猫头鹰在羽塘之心上压印出的水之眼备好自己的珍珠，你在那儿长久眺望着夜向死亡之歌敞开，鲜血之外，感觉之外，你的替身出现于无垠的草坪之硫黄钻透的冰冻清晨；而这是偶然之刀的无情打击，它来自一片狂怒的植物向天空、向天空明亮的背心发出的猛烈攻击，它的影子沿着有光之一百零一只犄角的堤坝炫耀，它在每条有征兆意味的泥泞石板路的心醉神迷中发出反光；在那儿，就如同在一块因蚁群和麇集的苍蝇而褪色、夹杂了尊贵声音的毯子上，自听从了充满虔信的富足上衣中散发出的虔诚钟声之茉莉花的召唤——它也为长满蜜牙的波浪之锯无情吞食——你用海的小麦、铁锹、蓝色大麦作赎金，为思乡的海难和引人入胜的探险，而从你的五脏六腑里出生，直到玫瑰吸进一碗蒜藜芦的精华，它也被一位疯狂的贞女为治病而舀食，贞女被平原上的嫉恨之风、被暴躁的马匹所伤，戴着面具的不知名骑兵捕获了那些马，将它们赶往日暮之城，用来诱拐在木瘤和水獭的小径周围行动的皮之鼠；当电光像触电的长矛刺穿人们选作房瓦的石板细胞，当人急于庇护还要活下去的、神秘地卷入梦之边缘的上千时光碎片，四位荣耀王后，这世上的招牌面包，其强有力辩难的赌注，是被一齐抓进精神的海绵，想在挤榨海绵的同时，在她们结实的捕雀罗网中役使人造天堂之黄色牡蛎。

第六个声音

我有幽灵作为朋友
我有宇宙作为不在场的证据
我有一位皮提亚[①]作为化身

六

第一个声音

有歇脚处便有岛
处身众桨手中

第二个声音

今晚你会独自前来吗
颈缠纱巾
手戴海洋皮手套
脚着睡眠之蓝鞋

① 皮提亚（pythie），希腊神话中在德尔斐（Delphi）的阿波罗神庙里宣示阿波罗神谕的女祭司。

第一个声音

植物的雨项链
巨人袍的梦
树木对此偶生疑窦

天空的袒胸领上
蝴蝶是花别针
蜥蜴夹适于
石头褪下的衣与裳

第二个声音

今晚你会独自前来吗
带着你的冰之牙
你的传说之盐

第一个和第二个声音

我们相拥漂泊
我们的双眼陌生于此
无目的又无声
留记忆给虹膜

第二个声音

味觉，雪

第一个声音

视觉，海

第四个声音

嗅觉，风

第三个声音

触觉，影

第二个声音

和沼泽同眠
和缆绳和腐殖物同眠
睡在一夜夜背上
母马屁股的月亮丘

第一个声音

月亮，漂泊的树桩

回声

手繁殖
门的玫瑰把手

八

第七个声音

蛇被枭下的头
绞死者的遗产

第八个声音

曾是橄榄的核
被觊觎的念珠

第三个声音

黄昏，巨蚊的
圆形剧场
演员们是牺牲品

第七个声音

没想到杀死一只鸽子这么快

第四个声音

池塘，猫头鹰
无意义的期待

第七个声音

没想到摘下一颗这样小的星

第八个声音

迈着蹑手蹑脚的
贪婪脚步

人

抹去

人

抹去

水

空气

第七个声音

泊船尽处赋鱼以蓝

第四个声音

每道菜肴每一时刻现其苍鹭

第三个声音

无声延展根系

花薰一夜

激动的波浪交合

希腊火的珊瑚

第四个声音

断奶口唇的四月
闪光酒杯的鳞
一曲味觉赞歌

第三个声音

在灰烬底部的逃脱里
有被快乐之森林的边缘
被丝绸的罗盘
被我过分的脖颈
层层围住的美丽的腿
在那宫廷遭废弃的
城市中心

第七个声音

古老的灯塔、方尖碑
在港口流动、熄灭

第八个声音

高傲的雏菊
感官的十字路口
落叶的都市
都在你花园的一根骨头里
一个语词为了另一个
出发、回返
在深渊的中心传来
虚空那鳏居者的呼唤

九

第一个声音

成为色彩的鬓角并因此成为色彩鬓角的皮肤

第二个声音

成为手之火炉并因此成为手之火炉的面包

第三个声音

成为跃进的年轮并因此成为年轮跃进的华彩

第四个声音

成为画笔的鸟笼并因此成为画笔鸟笼里的燕雀

第五个声音

成为鹳鸟的字母表并因此成为鹳鸟字母表的梦

所有声音

今时今日起，我们憧憬未来

桨的密谈

桨的密谈
关于征服流水 那
秘密在林中 话语
急于让波浪哺乳自己
俯身向大海吧嘴唇微启
俯身向阴柔的沙之无限吧
那为了贝壳而被梦淹没的沙
莫测高深的公鸡只梦见死亡
早晚还它们回太阳

破碎的屏幕

我看见死者
第二次死去
当他们躺在海上
我看见他们
发明着桥梁
如果你经过
我会跟随你
在两场焚烧
两个火葬柴堆间
总有一个
风暴帝国
或青石板铺就的帝国
自游鱼
飞燕的
药瓶中饮下
毒之狂暴，如果你
经过，我会是
你构想的脚步
串起神秘的
执着，我会花
必需的时间

凝神你的脸
白昼指望着
声音消亡的尽头
随后世界黑灯瞎火
我已看见死者
用我们的肺呼吸
而其下大海
永存他们的声息
彼时你为每一天线
造出
一块忍耐的
破碎屏幕

大洪水后

和平在矛盾的
密钥里 在转瞬即逝之光的
硫黄里 你在那儿
只有一瞬 起伏着雨沙丘的
蓝沙漠 渴是给定的
空间是道裂口 你在其墙倾颓的夜里
燃烧 借着你的燃油
借着火焰花开蕊现的灯芯我看见
借着你的爱我看见 那大洪水后
和平的幼鹊
羽携我们眼中五彩缤纷的喜悦

阴影的中心

(*1955*)

献给加布里埃尔·布努尔

出生的机会

一

头发

夜变身白昼的机运
系于一发 为钟爱的
秀发要历多少周而
复始的含混考验呵

耳朵

所有路线里都有地平线
每一模具中，一只蜜蜂
海，荒漠，揣着希望
不耐烦的岁月中，一只耳朵

嘴

嘴唇赋予那时刻

色彩的奇迹
我们是活着的两片
话语之渴望

颈项

天空留在沙上的痕迹
温顺的肉身
留存至天使最后起飞的
玫瑰色回忆

肩膀

从一道桥拱到另一道
被解救的哭喊
慷慨的河流
流向野兽的嗅觉

喉咙

两股火焰像
两道爱恋之声
日光惊奇于

有那么多光亮的碎片

腰

谨记，它为遗忘辩护
是有罪的
属于形式的童年
其肉身有自己的同谋

手

携微妙镜子的云
被激情的光线刺穿
它为了夏季而消失
赠暴风雨一个王国

脚踝

它系果实
于强壮的根
系星星于大地之上
系起源于太阳

二

镜子

路灯恹恹欲睡
在空间里暗淡下来

对路人来说如此昏暗的
是梦之光

河堤上的月亮
是件被遗忘的工具

猫头鹰
两岸间的
信使

呵，涨水了
美丽的夜
四下流散

果实

在温柔的爱里抬起
服从的翅膀
树枝取代了果实的乳母
谦卑的枝条
取代了乳房 肉身
被肉身显露 黑夜
啮噬心灵 白昼啮噬
皮肤 高位截瘫的味觉
信仰上苍

钟

它绕风而鸣
地狱是根骨头
被青铜魇缠
伤口在众海之上
嚎啼
悬于眼皮的瞳仁
嚎啼
沉默
坐在源泉的飒飒

行走当中

唱诗班孩子哭

那淹没的教堂

钥匙

作为它的技艺之牺牲

随着头的每一次转动

它给观望

一个出生

或死去的机会

三

狗

比目光更温柔的舌头

男人的影子

那是他自己

爱的影子

比爪子更温柔的目光

而尾巴
喑哑的
简单语句

乌龟

慢吞吞地
像守时的
时针 它摧毁
多石之夜的
一动不动
变为路
尽头处是因期待
巨大的鳞甲
而裂开的石榴
令火塘气馁的
干渴有双
沮丧的眼

蚂蚁

世代的佃农

依傍土地
夏天是那只雄鸡
它与根
那些大胆的风景一道
拼读昨天
和明天的树
一颗珍珠嵌于
纪律的额头

羚羊

以白昼的红棕色信经
它赢得了尊严的死
优雅而略带天真地
进入了两次来临
残忍鹰隼的猎物
迁徙的爱的礼物
在它紧闭的颂赞的眼里
梦在摇摆
太阳卧于自己的吊床

鲸

黄昏的鲸
神奇的喷泉
喷出的水柱
是呼吸
它周围舞蹈着
大海的喜悦
燃起的浪
假面舞会结束
它与时光
最后的梦游人
一道消失

飞蛾

火光梳妆它
因畏惧死亡
它躲开自己的眼
火更旺了
当火有了爱的
初次形状

带彗尾的长耳鸮[1]

算命的女人
轻信的夜向她问卜

关于死者关于先知关于海滨
明天是一卷泡沫之书

不耐烦的她打破受委任星星的
外壳，其地球的副本
是座座花园和湖泊

深渊的姐妹
你嘴喙的一击
激活那源泉

① 长耳鸮（chouette），又有凶兆预言者之意。

联系与时光

一

门

夜影独自留在
清晨
太阳拍打门槛
不安的眼窥视着时间
在那儿人向后来者
让步 你
自生命中来去
无言地面对吸食
生命之骨髓的盐和火
在这儿你是主人
要去过一幕戏一场梦的生活
演出伴着孤独
开幕了

桌子

黑暗的宇宙荒芜一片
双肘在其中沉陷
太阳，获得灵感的王子
它的大地是梦

椅子

影子的脚是被流逝的光阴
钉住的时间之椅背
脚步缺失的时候
路是一阵大风

床

你们因夜入睡
在那儿我们光芒普照
但从来没有一首牧歌
曾惧怕过海难

箱子

月亮是封存秘密的锁
白天是口箱子
夜晚是埋藏的宝藏
人全然不神秘

灯

蜜蜂归巢的嗡嗡声中
玫瑰们泄气垂头
曙光静悄悄摘去
一片片最后灯光的花瓣

屋顶

家以我们的各种爱
武装 那时间来临时
众山峰将揭开
希望之深渊的面具

二

花冠

它交换关联
不可能的话语
死亡的诸种武器
是其爱的双翼

菖兰

高傲毕现无遗
它在欲望的两端
滴下血来，海难之
黑土地喷溅出的花

花粉

灵魂的伤口
身处险境植物的呼唤
众神经过的地方
花冠们嫣红满面

向日葵

它的美在韵脚里
眼眸的盛筵之女
它燃烧，它繁育
它的信念点燃天空

茎

绿色，却无记忆
被当作枕头的花
空中花园倾颓时
花茎做梦

睡莲

一面面镜子
在泥泞的河岸争抢它
它感受到了航行
感受到了水之星群的兴奋

晚香玉

孩子之心血来潮般的发辫
香味使它轻颤
它与黑暗分享
秘密之纯净

众花的芳名

众花的芳名是面具
在它们如刀如剑的性中
比水更其变化多端中，它们
因蓝天而生，亦因蓝天而死

三

长颈鹿

沉睡中
一只长颈鹿
我们的眼迷失于
沿其颈部

跃动的颈链

它周行于

沉默

在缄默的众星之上

睡去 白天

它与云朵絮语

长颈鹿（二）

动物园中

一只长颈鹿

经过的鸟儿

在它脖颈上

增添了一行阴影

从地到天

草是饥饿

也是语言

食蚁兽

满身浓毛的命定之夜

秩序和虚无间

黏嗒嗒的婚礼

黑暗游逛、算计
对于蚂蚁，没有任何一个
哪怕错误的出口
去翻越永恒的阶梯
高亮的光明

公牛

节日般的斗牛场 斗牛士
之夜 投枪
扎出 在地面闪光
对公牛得胜
太阳顶着冒烟的犄角
力量的一日行其统治
在黄昏 新偶像
准确无误的剑锋
将那庞然大物淹没在自己的血中

章鱼

戴上嚼子的火苗
水有自己的烧伤
疯狂之爱的花

在邪恶的嘴唇上
一个男人一只飞蝇
在开放的靶子上
为这苦涩之夜
可怕的太阳
谱写着由死亡
调音的乐章

朝圣者

你永远都走不了太远
朝圣者你这想刺穿天际的疯子
曾经熟知的大地是一座牢狱
铁窗是所有要计算在内的路
你永远都梦不到太多
大海这仇敌不可理喻
可天空 那湛蓝的天空遥不可及
它是恋爱中的石头 一声克制的
喃喃低语却被光阴化为界石

语词的白与符号的黑

（*1953—1956*）

献给让·格勒尼埃[①]

① 让·格勒尼埃（Jean Grenier，1898—1971），法国哲学家、文学家，加缪的哲学老师。

在我们的传奇上树碑立传

豪华的家园

一

一个豪华的家园，以鸟群作窗。

（人迹罕至之森林的色彩，翅膀陶醉中那斑马纹波荡的芳香。）

夜在手心里。（夜在眼睛的光里，也很好。）

宇宙的边界：每一道边界都是无限的萌芽。

（她躺着，她倾听，在破碎的水声中，在她的床上，倾听水波展开它的涟漪，倾听水波抛回给河岸被侵犯自由的一枚枚落日。）

人们在呼吸之间制造阴影。

（小姑娘，身在一场圈舞中，无臂的清晨以残疾的笨拙令她烦乱。

大地上，她还能想起在路上气喘吁吁、跌跌撞撞的铁环的笑声吗？还能想起直到黎明她还托着的尘土满布的帷幔之叹息吗？）

墙，一点一点地，松开了自己的怀抱，因为石头之心中没有永恒的爱。一堵又一堵，在颓圮中，它们重又发现了自己命运的无名。

二

脚步中有被期许的家。行进中，我让被我的双脚抛弃的土地丧失了热情。

三

我比眼睛允许我行进得更远。（这就是那所在，晦暗变为无由的阶梯，变为在浅海翔举的晕眩。）

透明的年代萦绕于人们的记忆。
战争对这一幻象做出贡献。

你的秀发是我之绝望的细长光晕。（你的脸是生出了清晨的星星吗？）

双手攀爬，野蛮地，直至没有一个路人起疑的深渊敞开，一时的心有旁骛，只因划破长空的明晃晃时刻那波起的皱纹。

四

（面对孩子们梦想中灵感四溢的木偶戏，必须接受世界里的我们之不在场，接受我们宽慰人心的深信。必须接受我们这些往来奔波的笨重造物各自的非真实。）

五

在通往山顶之内陆的洁白道路上，我找到了你。

我们可知，在我们力量的顶点，应当任由我们这些痛苦的钻石跌落进圣水？

六

雨敲打着爱情浑圆的肚腹。
（暴风雨满心责备。）

立起，双腿站稳，人挑战霹雳。

太阳教会他——在大脚趾和伸出的食指之间的那人——去看。

种族的起源

前额是潮湿的耐心；眼睛是放大的欲望；脚和手，男人生气勃勃的冒险。

（从遥远的国度，星星们前来，构造出重新发现的诸世纪那庄严的行列。）

从根茎到果实，鬓角绿了，眉毛金黄。

光阴是一捧玫瑰，酒浆向着圣诞树的承诺闪光，靠近大海的地方，有我们凌乱身影的踪迹。

面具与时日

一

人不在空心石上造屋。（更少造在峰巅之雪上。）

随着目标淡化，回忆看到它对人的影响力日增。

（无休止的力量展示之高墙。只须一滴眼泪的固执，一根莽撞的空气麦秆就足以让伤口变得致命。)

明天是会被盗走的一天。

在我们的众多面孔中，只有唯一在坚持；礁岩上，倚靠着大海的疲惫。

二

港口守护着它的话语。(它也守护溺死者们的腰带吗?)

深渊的边缘，是微光闪烁的流亡的花环。

死者和我们一起参与了孵化出那分叉后旋即划破空间的谜。

物质的变形

一人于泱泱集市托举大地。

(汗水，一滴一滴，形成湖泊，往昔之守夜人，那些光秃秃的白杨，正临水顾影。)

女人们荡起秋千。（天空只剩了被迎风之裙揉皱的、撩心的皮肉权杖。）

心是我们时代门槛上的一道拱门，是占卜师指间一只雄辩的（对它自己而言）贝壳。

扬声器为音乐和喊叫声中不同寻常的世界争吵不休，在那儿，人类的声音承认自己丢脸的失败。

作恶和空虚之间引人入胜的斗鸡。

路灯点数它项圈上的黄珍珠。

街道是血之网。但谁会迫停它为荒漠解渴的执着欲望呢？

音乐会之夜或陌生的语词

天空，即是缺席。

*

作曲家以时光演奏。

语词，既有使用、培育、接纳的语词（即反映人之善意的语词，如“自由”“爱情”和“痛苦”），也有干徒劳无功活计的语词。有时站烦了，当班的语词会夺过一把椅子，坐下，抽烟。这便是奴隶的反抗。

有
一种语词
以其力量
慷慨献出丰富的语词
那语词给出血
给出水
给出火
一种衍生镜像的语词

雄鹿有其王冠

新娘颈上的项链
山岗脚下的清泉

有一种仅值一文的语词，初开的
堇菜花
那语词 为了上帝的爱
好天空把它还给您
有那么一种语词
属于穷人

两世界间繁花竞开的华丽四轮马车
把轮子的零钱施舍给乞丐们

有一种耐心的语词，不安的
语词
那语词提出质疑
日的精神
夜的灵魂
有一种语词
被质疑

喜鹊与大象吵架
大睁其蝼蚁之眼

有一种陌生的语词，那语词
我向您致敬我的上帝
我向你们致敬勇敢的人民
灰烬与结局
有一种语词
历史的标记
犬蔷薇的遗存

坍塌城堡般的异乡人。犬蔷薇是被淹没的世界里唯一的遗存，波浪的标记。白天不再挥霍它的黄金。行进中的耳朵里，咝咝响地游啊游，是蛇。水付出光的代价，伤口变为鲜血。

古老大海的、盐的破碎文字的异乡人，他轻信字符的那种盲目，正是被从诗歌中解放出来的东西。

有一种语词，拖着难懂的
中文影子
矿井里的火把
模具语词
令人惊叹

诗人就是他的诗。他将恩赐的奇遇化身为语言。在宇宙的无限贝壳里，他就是精心编织无限的那个荒诞的尝试，并始终被牡蛎所更替。

有一种夫妻语词
创世的语词
有一种开枝散叶的语词
命中注定的字母
圣经的澄澈

最初存在的语词，是那个男人。他为认知自我而焦虑，于是他拼读塑造出自己的那四个字母，第一次，他听到了自己的名字：亚当[①]。

他倍感孤独，便幻想用陌生的字母拼写出一个比自己更加复杂的生物。面向大海，他用一根手指在沙滩上画出了自己的形状，于是在宇宙中，莉莉丝[②]在他的声音里出现了。

随着时光的推移，他又知道为了自己的快乐，他可以创造出一个有肉有血的伴侣。这就是那个乖巧而柔弱的夏娃，是他从风中抓来的三个字母[③]。

但他在爱抚时很快发现，夏娃极其狡猾。她独自发现了智慧树，于

---

① “亚当”由四个字母组成：Adam。

② 莉莉丝（Lilith），犹太教神话中的人物。据犹太教神秘哲学喀巴拉（la Kabbale）对《圣经·旧约》的解释，莉莉丝是伊甸园中的第一个女人，亚当的第一个妻子，由上帝用泥土所造，后因不满于上帝和亚当而离开伊甸园。在亚当的求告下，上帝从亚当肋骨中另造出夏娃（Eve）来代替莉莉丝。

③ “夏娃”由三个字母组成：Eve。

是亚当与智慧树共同拥有了那个最美丽的大写字母①，他把这第一个字母刻在了石头上。夏娃给亚当送来了那第三个字母重复书写的水果，这个字母认出了亚当，因为山峦曾经启发过它②。亚当大口地啃着水果，于是尝到了受难的味道。与夏娃和七个字母的蛇③（相当于一周七天）在一起，亚当为未来诗人们的荣耀创造出了让他们引以为傲的字母表。

为了他之所失和他们受到的折磨。

有一种摆渡人语词
夜里穿梭的线

针之穿过意象，乃羊毛的神化。

有一种神话语词
太阳的琥珀

有一种界石语词
血淋淋的失败

---

① “智慧树”（Arbre）与“亚当”的第一个字母均为大写的“A”。

② “苹果”（pomme）的第三、四个字母是重叠的“m”，“山峦”（montagne）的第一个字母是“m”，而“亚当”（Adam）的最后一个字母也是“m”，因而诗人说“因为山峦曾经启发过它”。

③ “蛇”由七个字母组成：serpent。

人们无法摧毁神话，就像无法抹去金光大道上行走者的影子；那想法就像想以否定造出影子的人，来驳斥让影子出现的路和太阳。

有一种铁锚语词
八爪鱼和证词
有一种祷告用披巾语词
悲怆的吁求

语词萦绕语词。作为字母的囚徒，语词把自己创制为某种在悠闲的大海上无限的希望并赋予其生命，如同人建构自己的身体或身份。如此多的写作问题招致方方面面的敌意。首先便是沟通和观念交流上的敌意。语词是观念的宿敌。观念，则是原罪。随着作家对其写作艺术的觉醒，语词对自由的需求增大。语词发出动人而执着的呼唤。诗人对此做出应答，认为以他的角色本当答之。因为它关系到自由。

有一种用作为语词的语词
像因成长而苦恼的
孩子
有一种儿童语词
周身不适

“上帝呵，明天在学校里，请让我学会拼写‘菊花’吧；在这个词不同的拼写方法中，请让我碰上那个对的吧。上帝呵，请让组成这个词的那些字母来帮助我，让我写得不多也不少。上帝呵，请让我的老师明白这可是关系到他喜爱的鲜花，而不是我能随心所欲给里头的骨头上色，把里面的亡灵和眼窝涂出锯齿边，那萦绕我梦中的圣体匣呵。”①

有一种爱乐的语词
激情之节庆
有一种音乐语词
王之权柄

有一种建筑师语词
石头中生之艺术

对音乐厅而言，牢固的天花板必不可少，而当上演曲目单上的作品时，门窗皆闭；因为必须不惜一切代价地阻止那些任意的声响打破天空的恬静。

有一种蜂巢语词
齐整四等分的路口
有一种网路纵横的语词
蜜之丰盈

---

① 引自法国哲学家、科学家、诗人加斯东·巴什拉（Gaston Bachelard，1884—1962）的著作《梦想的诗学》（*La poétique de la rêverie*）。

一旦乐声寂灭，音乐厅便成了心怀担忧的各地旅客熙来攘往的车站。若无火车幽灵们的配合，就无法分辨一列火车是出发还是到达。

有一种腰带语词
周游世界是时尚款
您愿意告诉我腰围吗

有一种警告语词
令“我”惊异

一出戏借助一个美国女人的睫毛而留在了天上。“我不想看这场演出”，一个上了年纪的女教师红着脸对自己的侄子说，“我的学生们要是知道了我的这场冒险会怎么想？”

“您没必要这样担心”，年轻人回答，“引座员的手电筒即刻就会发现我们。”

有一种对语词发话的语词
镜子间的对话

无上装的青蛙在池塘边呱呱不休。“你还是把衣服穿上吧”，月亮对它说，“爱情可不是为你而在的”。

可在一旁窥伺的癞蛤蟆，突然伸出舌头，摘下了月亮。

有一种语词难以

成为

语词，诗之

不幸

有一种独白语词

他想要擦干心爱洋娃娃的眼泪，用四块结在一起的手帕，他在绝望的一只眼到另一只眼间来回拖动手帕，温柔的琴弓。

公众观察着他，满心疑惑。

有一种云彩语词

运气的反面

有一种全景语词

真正的假期

乐队指挥手里的指挥棒是一根有争议的避雷针（它对公众的安全必不可少）。听众的眼皮，防水和遮阳的模范避难所。

错过的出发

有一种无法寻得的

语词

我们如果想出席车站的通车仪式，那就一秒钟都别耽误。一列蓝色火车在每只耳畔鸣笛。“别哭了，漂亮的陌生女郎。我保证你会有趟出色的旅行。”得有这种痛苦才能平息铁轨之火。H 先生在人群中挤来挤去。他丢了一只皮箱，恰好是里面装着大卫王[①]的那只。瞬间的疏忽会不会拖累三千年的英名？“真荒唐”，寿险经纪人说，“敝公司，若要负全责，那会倒闭的。”视线之外，一对夫妇早已在有玻璃窗的包厢里脸贴脸地微笑。H 先生呆立在站台上，寻求帮助。而喜爱他的音乐却没有在一旁采取任何有益行动。

有一种诗的语词
脐带
有一种语词
强迫症

要是没有见到这个浓妆艳抹、穿着珍稀皮草且香气袭人、所到之处引得音乐厅的常客们频频回首的年轻女人，我是无法静下心来听音乐的。我从不知道她的尊姓大名。坐在第一排舒适的扶手椅中，她专注地看着那位主刀的外科医生操演大作。他在八十个埋头于音符的助手中间，面对虚空，豪情万丈地挥舞滴血的手术刀（啊，从病人们那里他骗来了那么多令他迷醉的私情描写）；她被那些渴望艳遇的殷实银行家们窥伺着，他们目光中的火花与太太们颈上的钻石争辉；在众多熟悉的面孔中，从

① 大卫王（le Roi David，公元前 1011—前 971 在位），古以色列的第二位国王。

长着鸡头小乳的平庸处女，到已故情人的小照仍挂在胸前受人景仰的七旬老妪；从退休的将军到浑身不自在的运动员，她的出现都像是一个怪诞的陷阱，威胁着所有人的生活。我是最早揭露她的人。但我忘了她也曾让我牵肠挂肚。于是，为了摆脱这一切，我还得求助于我的笔。

我不愿为分享一小时的欢娱而招来巨大的不幸。

有一种语词，具讽刺的
魔力
有一种语词，有对世界的
觉醒
有一种语词，穿着星星
裙袍

猫头鹰的裙袍以两千万死者织就。高级时装不是一个空洞的词。人们没有把这个词制作得更为考究。

有一种变节者语词

我俯身于遍体细鳞的语词
大海中的语词令人惊异
它在好奇者指间结网 小心鱼钩
渔夫是闯入者是恶魔
我抬眼看着伸展美丽羽毛的语词

在空间里它被固定于一条线一种惊奇之上
小心风雨中的猎人 猎枪有雨点般杀人的眼珠
我出其不意地抓起语词
它有一座岛之港
岛有秘密的沙之腿
这港是风帆的胸像
它有海鸥和空空
巨手的眼
世界避难其中
我在如许多的道路上追赶语词
有一次它停下来对我微笑
它无头
无颈
它无臂
无腿
从我吃惊的嘴里
陡然掉落它的名字

舞者与顶峰

诗歌是叠嶂山峦，峰顶曲折有致，诸峰因一词或数词而成，无一词不具魅惑千重。

*

虚空打着呼噜，这兽大张其口，如目。

每只眼眸，均有其驯兽师。

镰刀收割小麦，而非火苗。

*

缺席现身时，总环绕着让其变为真实的在场同谋者的面孔，就像芭蕾舞女演员身居其放射魅力的舞台中央。

*

一步之广漠。

火筑起节日。

*

一颗珍珠，当它有了抱拥的臂膀，也会红着脸一直滚到胸脯深处。

*

可见与不可见争夺一片清水，在那儿，舞者张臂潜下。他带回的形象就是每个白昼向人类提议重新创造的那个世界的形象。

*

舞者发现了相似，并完成了统一的壮举，若没有他，那些东西或许永远不会相遇：那是迷失在他们自我的黑夜里的人和物，禁锢于他们的形体或来源的囚徒；这些某个感性世界的碎片，彼此相距遥远——因迟疑或责任，因必要性或无能为力。舞者接收到最隐秘的和谐，在天真的动作中破译出它们。

*

一个告白是可以一解为二的扣袢；镜子们受惊的一声低呼。

*

秘密是被黑夜遮住了其目光的门。舞者并无意愿曝光它们，而是满心惊叹地跨门而过。

*

舞者和舞蹈之间有一种无法打破的默契；节日和表情之间也有这样一种秩序。

*

创造者创造着自己的艺术并被自己的艺术所创造，舞者以最轻盈、最令人动情的舞步谱写他的作品。一声召唤，舞步即来。这些空中的窝赃者那般吝啬，以致旅行者每次启程前都必须收买它们，迫使它们服从于他；可也有人说是它们急于聚拢在他周围，在路上不耐烦地跟着他，怂恿他。不管怎么说，在所有舞步赶上舞者之前，必须向它们致敬。

*

意象是这些惊愕的花朵，无论它们是黑是白，人们永远不会知道它们是被舞者从山顶采摘来的，还是从他的孤独那壁垒森严的草地一隅劫夺而来。

*

梦想中，诗人在空白纸页上重现一位舞者逝去的舞步，诗人将从他笔端跌落的那些有魔力的语词视为舞步。

*

欲摆脱音乐性的句子从舞者的连续跳跃中诞生。逗号们绝望地崩落，清点自己；最后的和谐身心俱疲，戛然而止。

*

语词的自由与诗歌的自由相较量。舞者与书写他的舞蹈也这样较量。

*

诗歌与舞者都需要巨大的空间进行艺术的组合。

*

水与火追逐着一场始于死亡的对话。

*

语词捶打出手。

桨与帆

字母偷窃语词，语词偷窃行窃的意象。

字母向语词撒谎，语词向句子撒谎，句子向撒谎的作者撒谎。

字母梦想语词，语词梦想句子，句子应答语词的祈祷，语词应答字母的祈祷。

字母打开语词，语词打开意象，意象打开日光。

句子装扮语词，语词装扮字母，字母装扮不存在。

字母耗尽语词，语词耗尽句子，句子耗尽书，书耗尽成了废墟的作家。

*

记号与皱纹是同一道墨痕的问与答。

书页对前来冒险的语词永远是空白的，无论那语词是奴隶还是主人。

*

语词是人的形象：因而是他者。

语词是人，他的记忆，他的实存。

语词武装那反抗它自己的语词。

语词只能通过某一个语词获救。

每一语词，享有自己的一份墨色。

人对人给予支持，就像语词支持检验它的那语词。

*

有些语词从未触碰过大地。

*

相互寻觅的语词有分离恋人的悲切目光。

语词聚拢在形象周围，像人们围坐饭桌或篝火。

*

话语，卷裹着呼吸流通。

*

诗藏起强有力的火炬，而在自由中兴奋不已的词，在沉沉黑夜里指引方向。

当诗人用标点符号抑制自由的区域时，他便在语词间增加了冲突的诱因，或加大了它们见解趋同的机会。

*

在每一字节上，读者的眼睛都要冒引发火情的危险。

*

像火一样，水亦有其自身弱点。

梦属于那些根。

风信靠着风。

一个蓝色画出的女孩
跟在回声的曲线后

鸟之翼拗弯黄昏。

*

蟾蜍们患有痛苦之甲状腺肿症。

天气使钉子般的哭喊生锈。

饥饿在它体内带着
饥饿的星辉交错

噪音溅血。

剑为伤口泣泪。

那黑人用他体内的沉沉音色
对黑夜喁喁私语

猎物的双眼在狼的瞌睡中浮现。

石头，不顾一切地，担扛起水井。

*

风读进水里。

对教堂尖塔而言，大地是一张可望而不可即的床。

死者被回忆翻动起的水环绕着。

*

叶依着叶
火靠着火
水往还拍打
水

*

词在自身中携着书，如同人里装着宇宙。

阴影对阴影低语着白昼的隐秘路径。

和语词一道，我们沿深渊而行。错误的第一步会致命。

雪对雪白说着一种稻米不懂的语言。

语词珍爱晦涩。

日光萦绕书中。

*

最后的哭喊是天真。

*

用一根手指，孩子旋动彩环，那些在孩子的同谋者——人群迷醉的眼中消失了的彩环。

溪流的栖所倒映在它的每扇窗中，一如盲目的世界在我们眼中。

形象一旦被征服，它就留在我们眼中，有如大海中心的一座岛。

*

你我的世界在彼此的眼中睽隔。

*

在一首诗中，激情从一个意象传向另一个，如一只蝴蝶飞过田野。

冰上的舞者在镜面上刻下一句被判保密的乐句。

风吹在诗题上迫其坚硬，如人对抗寒冷之时所为。

*

艺术家组织眼中流光溢彩的生活。

*

明确了自己的道路，散文不同于诗歌，如同被目的地催行的行路者不同于迷醉于永不抵达的舞者。

世界以诗——玫瑰被传播的生长——来否定人。

诗是干渴，渴望着更强的止渴剂。

诗人被铆定在诗上，像语词被铆定在抛掷出语词的世界之死上。

诗使语词生命的一瞬永生，像使一个微笑，一次邂逅永生。

诗人的首要姿态是在飞行中抓牢他的幸存部分。

*

语词在诗歌中的行动，其意义要到时限到来时才能向我们显现。

*

墨水，语词闪烁的微光。

和声音一样，视觉模铸语词。

话语有条影子：声音。

*

在语词中，诗打碎了那面扭曲它形象的镜子。

靶子的等候面无表情。

墙寄希望于土地。

*

如在花冠与蝴蝶之间，灵感是诗与物之间的一首田园牧歌，话语受其反复无常的折磨。

*

自律：从盐中去掉水的味道。

*

从镜子到镜子，回声看到自己的脸融化。

墙面对着自己的白色语词。

每扇窗口都捍卫自己的风景。

*

欲望里住满了能拼写出我们的物。

目标是我们为达致自我而在狂热执拗中移动的界石。

有目标就有其牢狱。诗人在暗影中锯断铁窗。

*

艺术家日思夜想的是躺在自家屋檐下。

*

正午，海滩曝满人嘈赤裸的思想；夜里，是交还给沙的页边白。

*

每一种思想都在它孕育的思想中找到自己的特征。就像父亲出现在儿子焦虑的脸上。

*

艺术家强迫思想实施宵禁。

*

如同天空向大海敞开，作品向那在作品里寻找自己的人敞开。

人与诗皆拥有其逝去者的声音。

如同海难发生那一刻的大海，历史在殉难者的篇章中加重了声调。

人和语词的死亡经验与其勇气成正比。

*

荒漠播放枯燥的语词。

黎明造就雄鸡。

梦在我们经受的磨难中描述我们。

*

诗人的记忆是他的时光。

诗不改变生活，但交换生活。

我们顺风行船。

*

诗是表象。

在面具和语词世界的小小漫游

(*1956*)

系牢本性。

空白页

它和从枝干伤口中出生的姐妹们同名，那名字，坦白地说，可以读作命运。

她有着得自翅膀的有用的轻盈。

虽然已与作家订婚，但那么多富于灵感的告白将它与作家分开，以至于一俟靠近，它就已变为失去的爱之验证。

演员

他是集会时的中心目标。他令大家惊奇、激动，他强化自己的出场效应。一致的看法是，他是个天生的戏子。

孩提时——一个字词的年纪确实可以用使用频率来判断吗？——他耽于游戏，经常逃学。

在树林里，他为气精[①]和仙女们同时演绎王子和乞丐。

他的秘密变成了他的光环的蓝色淡水补给站。从此以后，他关心取悦于人胜过考察新面孔——而且在这一领域，他从不缺乏创意——于是

---

① 气精（le sylphe），中世纪高卢和日耳曼神话中的精灵。

公众成了他的镜厅。

那些他帮着出了名的作者——同时也是讼棍——簇拥在他周围，给他披上无数绶带；诗人们则以其孤独的激情和真实的话语藐视他。

演讲者

他站在讲坛的木制讲台后面。我在听。我不再看他。在有规律的间歇中，我听见纸页翻动的声音，仿佛短棹击水。每当停顿，便有一种眼神热切、春天气息的沉默弥散于椭圆形大厅，满涨欲裂，以至于有条敏感的嗓子会不寻常地发痒，于是一阵干咳——虽在意料之中，并被期待，却仍使那牺牲品的脑袋聚起惊奇——间接、险恶地打破了宁静。不时地，也会有某个小女生具诱惑力的颈项唤醒某位听众的欲望，使他在各种遐思、各种心结中为爱而受苦，像一条鱼身在它重重倒影的无限中。

他说着。似乎对主题胸有成竹。然而，在他话语的波荡起伏中——他的每句话总有十三或十五次起伏，就像打橄榄球——我感觉到他正在寻找精准的语词，但那奇迹之词——没错，就是那个球——却总躲开他。这并非是不明白情况造成的错误。他在后面追赶着，跌撞着，晃动着。有那么一会儿我以为他得手了。可没有。

于是我想，假如他是个舞者，他只要纵身一跃就能在空中抓住那个球；假如他是个百米运动员，他只要奋力数秒便能享受胜利。但他是个橄榄球员，我无法从脑海中抹去那个惨烈的画面：这位大西洋彼岸年轻的希望之星正要“在对方球门线内带球触地”的瞬间，却因为被对方猛地撞了一膀子而倒地身亡。

头儿

所有语词都想有个头儿。可选哪个好呢？这个头儿知道如何要求人去正确地说和写。不是差不多，而是从来没有一个语词可以替代另一个语词。一个完美的句子值得长存。元音们梦想一个艺术家，要是作曲家就更好了；辅音们则想要个职业军人。早已分成不同组别的动词们则主张使用虚拟式的未完成过去时，以彰显其身份的高贵与博学。而没有候选人的冠词、代词们，则经由微妙的组合表达出含糊的希望。它们去请教字母，因为人人都知道字母最挑剔。它们在古老的语族争执或偶然邂逅的幸福中彰显自己的好恶及其价值。最终，一个语词因为对其音节中已不再常用的数缺乏应有的尊敬而嘲笑所有选票；但人们很快便满怀苦涩地发现，在语言中，语词并非最为恒久。

异乡人

他以欲望和墨水为生。他憎恶抄袭的句子和陈词滥调，就像他憎恶聚会——特别是令他童年双眼发红的那种家庭聚会——还憎恶名人录和报刊。没人知道他的来龙去脉；而这招致了好事者对他无休止的猜测：他是否是个异乡人——尽管他的口音从来没有背叛过他——要么这是个本地公民——那就至少能把他认作个亲戚。有些人说他对语词的等级地位漠不关心，说他是个无可救药的自私鬼；另一些人则正相反，主张他既然与自己的同胞保持距离，那是因为他不受待见。有人将此归因于他的若干艳遇，但全都是些下船后待上一天便再也不出现了的神秘女旅客。哲学家们承认他们无法把他吸收到自己的队伍中。为了变成诗歌之谜里的一个，他偶然地从笔端现身，人们可以说，他是被诱惑力不容质疑的某个字词的面容或声音吸引来的。

登山者

山构筑于秘密之上，那是脚后拖着绳索和镐的登山者与被征服的峰顶共同分享的秘密。心最后交出自己。反射太阳或点燃黑夜的白雪把心隐藏在世界的凝视中。隔着雪，耳朵贴上岩层，往昔，我曾听到过岩之血的汩汩流淌。

山的秘密，便是蜂群在被风枉然劲吹而躬身的花朵上嗡鸣的沉默。

远处——早已现出——一个居住了“返归”者的平原，话语，这无言枝丫上苦涩的果实，迫不及待地要去统治人之赤裸。

窥视者

像某些人希望的那样把他当作一个坏蛋，恐怕就犯了严重的不公正。

以被书页征服了的眼光看去，诗人们试图通过一连串被诅咒的门钻进去的书页，揭开了一个诞生出根与星的宇宙。

世界效仿人的做法，与字母较量；首先是音节，然后是字词。一旦被命名，山峰与海岸就只能是个顺从的符号。对窥视者而言，完全不需要借助墨水来辨识它们。他曾监控它们，甚至监控它们的生命。在作家要求收回它们的瞬间，他便松开它们。

窥视者是通灵者之友，一个个无形中共同的站台聚合起他们。作为奥秘的播种者，人们会以哪种道德的名义来诅咒他呢？是给予道德以生命的语词的道德还是否认道德的人的道德？这么说来，对着两个世界说话的爬行动物和鸟类难道不应该与诗歌共同分担对窥视者的惩罚吗？

魇魔者

为使恶魔还原——那是意象——并在墨水边境线的这里那里恢复恐怖的平衡，着魔的语词跳起了一段魔法舞蹈，像原始部落里围着戴面具的巫师跳起的那种。

也像是战斗。

它们的胸和脸上涂满色彩，被母羊以奶水沐浴的清晨的色彩，猎隼在长途偷袭的飞行中带着的猎物黑血的色彩。

仪式结束后，谦卑的字词们回归到本来的面目，它们在化装的那个时辰里所拥有的能力被其灵魂摆脱。

诗歌为明日而生。

水手

中途靠港时——本季节里的第二次——有位水手向我走来。

我从老远便认出了他，于是放下笔，走出家门，去沙丘上迎接他，相信他一定从远行中给我带回了他对自己问题的终极回答。

无知者

不知不觉地，他爬上了孤独的顶峰，先知们在那儿言说，他不知对一连串的提问应当回答“是”还是“不”，因此只能碰运气。他既无记忆也无恶意。他担心，就像闲话里所说的假主角，他越来越像一只乌鸦而不是雄鹰。对他而言，与一个大写的未来相比，树荫下的生活更适合他一百倍。这种运气——或叫晦气——都归因于反复无常，也或许是某个无名作家的学识。

被表达的白昼和黑夜，他的光荣或不幸，都是一个需要沉思的题目。

春之契约

（*1957*）

语词开拓出它们

进入矿井的道路 却遗落了

我的声音 沉默打翻了

墨水瓶 笔被弃置

我的两个太阳两条肥满的河流 大海悬浮树林之上

叶子记得时光 在庆贺它们的花开 睡眠是

透明的果实 夜

采摘自根根枝丫 明日

没有阴影 我们的传说

是个秘密 于是晨曦耗尽

当被废黜的词

对从未言说过的人开口

他们选择乌有 一道血痕

揉皱的纸 苍白的

攥成拳的手 诀别无休无止

宇宙靠吞食遗忘——这星星们的

舞台而活 人与自然

共享道法互为血亲

干渴归于尘世 柔软庇护

血肉——这些同一的石

乃是梦 有上百条其他的证据

水晶般清楚地支持泉眼盗取了

面孔 我们不再知道自己身在
何处 向哪里发散热力
燧石的青春海滩
是荒原卵石遍地的港口
沙砾见证你们的
王国里爬虫与失偶鹰隼
萦回盘旋 时光的飞翔
作用于一名学生的翅膀
去追逐色彩追赶黄金
时代 在那啄出眼睛的喙里
从树干斫下的树根
之毒化作永恒
我的呻吟属于一道伤口
我的歌是欲望的模具
死水是缺席者 领主是另一个
以冰冷为形式的暴君
硫黄是季节性的 是预示
灰烬的简单手势
火就在我们的门旁
发芽 我们的田地已整
以便痛苦与希望
共轭耕犁
一旦被告知失败 被剥夺的

双手便成为塑造我们的
手 住过的城市
奴役你的高墙 我在奔跑的
声音里奔跑 那声音振响着
一个借来的名字 我没有土地
除了大地 因而那一天
找不到缝隙 我没有王牌
只有在坚硬的石板路上
立足的运气
某种宿命与自己的呼吸
寻欢作乐 它的奴隶们的
誓约是解体的天堂
正午伴着桨橹的蜃景弥漫在
犁开的空气中 海岸有
其玻璃的牢笼
在每一声哭喊中那一天都散成
碎片 不安的女人发觉
冬天的威胁加剧了
我们的武器那苦涩的低语
那孩子肩担起
自食其力 腰系
家族血脉之责 那里有
我的爱铩羽的鹰

峰顶成为基座 唇吻

交出乐调 那里

话语是致命的

深渊 悲叹是语词

之床 是含混声音的河

我的两个太阳被俘的一对镜面

雪将自己的发

拴上渐浓暮色的旗杆

头与彩虹、打开的书

一道最后一个沉入黑暗

虚妄的胜利徽章

是提供给回声的

靶子 手掌伸向猎物

伸向已写下的春之契约

第二卷

沙

世界的全部记忆

存在于一粒沙中

叙　事
(*1980*)

1　他和他那阴性之岛[1]。

2　他不存在 他是那岛。
唯有大洋存在。

3　你看，有时候，大海以何种暴烈
　追逐比礁石还要坚硬的
　它的不在场。
海浪，狂热的怪兽，呵，歌！

4　曾经，岛是遗漏，是洞穴，
　是遗忘。
这是怎么形成的？
浪的环拥中，一个被石头
　填满的虚空。

5　大地高过大海
　深于大海；
但会发生这种事：水为自己的屈辱
　复仇。

① “他”（il），“岛”（île），原文中的词形相似，发音相同，在翻译中不可译。

6　岛留驻之地，四周，一切都在
　摇动、跳跃、战栗。

7　一动不动。孤独。

8　赶不走的在场。
触不到的不在场。
哪个
会占上风？

9　风帆不了解自己的对手。

10　死亡没有悔恨。

11　谁将说他已到来？
——对谁说？

12　…… 而他那阴性之岛如此袒呈，如此
　确然。

13　他漂泊已久。有一天，
　他或许会经过这片国土。

14 …… 有一天，像那岛之上
孪生的一岛。
半透明的，得自由的。

15 所有汇集的
机遇。

16 太阳不受其光线的侵袭。

（圆整的完满。
极度的光明）

17 他没说他为什么走了
也没说什么时候回来。
他什么也没说
或几乎什么也没说……

18 于他而言，它的阴性之岛
再不会打破沉默；
因为从前呵…….

19 自从那一次，她期盼。
默默地。

20 他没说他为什么
一定要走。
无从解释留下成为理由。

21 没有话语能先于真实的
出发。
只有一句未来的话语
伴随它们。

22 关于他，
人们能说出的全部
就是，某一天，他
离开家走了。

23 谁都看得出来，他的阴性之岛
无从选择。

24 反抗周围长久的
威胁，
谁能断言这是一个
有意识的选择？

25 对此她很肯定：

在某些时刻
自我反省
她可能会愿意死去。

26 这不能被称为
　某种确信：
不如说是一种病态的
　想要消失的欲望。

27 （他不能有所确信
面对那么多层叠的雾霭；
无边蔓延，密集，
幽灵般的）

28 他不存在。他是那岛。
考验、间隔持续存在。

29 毫无疑问，它就这样
　发生了。
一道闪电，
一个即兴之作的时刻。

30 一个健忘的傲慢瞬间。

31 他已然做出决定。
他的决定永远
　不可撤销。

32 从此
再无安宁
也无缓解。

33 处处喧嚣。
而他，直立，
面对未知。

34 他的头高过
地平线
高于世界。

35 …… 在潮湿的岛中沙上
他那温热的影子。

36 人们永远不会去数不在场的
　脚步，
然而，却能清晰地听到
　它们。

37　（…… 如心头或胸口
暗哑的跳动；
如从某一死去的语言，某些
相近的字词中俘获的回声）

38　他，被光启之人，
他的阴性之岛亦同。
他，没有目标。
她，便是目标。

39　…… 住，不住。
奉献于漂泊。

40　他曾说……可只有一个字。
难以听见。痛苦。

41　即刻，他的阴性之岛感知到了他。

（完全无法感知他。
就像人们在感知某种沉默的
翻转，
某个思想的背面时）

42　然而，被从那些说过的话中
过早地抹掉。
受过审判的
印记。

沉寂。

43　…… 在那儿，目光再不能控制
目标。

44　（从那些真正说出口
但故意胡乱说出
旋即被埋葬的
话中）

45　坟墓，也是那岛：空穴里
在一个眩目的清晨，长眠着
刚刚被草创出的东西。

46　被撕裂的一对。
逃离与镣铐：
双倍的召回。

47　……一个同样的困境。

48　生存和延续不加掩饰的
意愿。
与虚无同在。

49　执拗的希望。

50　她，凝然不动。
他，如此奇怪地变幻不定。

51　从来沉默
无关于沉默。

从来晨曦无关于曙光。

52　他，诸世纪里他的脚步。
她，忠实地凝固在
瞬间里。

53　（……在一个被解开了锁链的宇宙中心，
被影子和焊接起的光
之沉重锁链铆定于

他的区域的宇宙）

54 从来缺席
无关于缺席。

从来日暮无关于黄昏。

55 过度难道只是
　失而复得的度？
在那儿它已不能被容忍，
它混淆了自己和它未言明的
野心。

56 过份夸张的举止；
来自于对自身的迷恋。

宇宙中有那么多挑衅的
　高墙
和被禁止的门。

57 大海的最深处，
失控的海藻，
那么多散乱的

缠结！

58 他，偏激的决定性一步。
她，令人晕眩的源头，
母腹。

59 他，被言说过的。
她，被延迟的言说。

60 她的乳房依旧胀满奶水。
女人，在源泉与征象的
永恒中。

61 他和他的阴性之岛。
被提醒的海岸与广阔。
无用的灯塔。

62 没有一种回归能被预料，
可能。

63 （不会再有足够的时间
可供来到记忆的
尽头）

64　（…… 不会再有船员
经由火焰之地
去迎击永恒的波涛）

65　（巨大镜子的碎裂，
哪张坚忍不拔的脸
敢向它俯身）

66　潜伏于波浪和水下的火
　无非是动乱的标识；
无非是丑闻的隐晦不明。

67　烟幕的帷幔后面，
人们断断续续地看见
奇特、贪婪的匕首闪光。

68　道道伤口。疯狂。

69　既不能继续
也不能停止……

70　…… 又不能重述。

71　从没有什么要说
又想说出些什么。

72　他什么也没说
他的阴性之岛亦同，
不安的她
不时地探察沉默的脉搏。

73　（天空
在自身色彩
之下；
在萦绕心头的
星星们和昏暗
之上）

74　（思想，
被超越了）

75　沿着大胆的笔端
跌出深渊与峰巅的
地狱。

76　借火之手，

有多少贞洁之火
被点燃！

77 他熊熊燃烧
他的阴性之岛亦同，
在自己的灰烬中，她端坐，
赤裸着，警醒着。

78 漂泊是被扔掉的、
任人践踏的
面具。

79 陷阱是被给予的
门槛与终结。
呵，永恒的开端。

80 手从来不是
无辜的。

被献祭的纸页。

致 M.C. 的信

一

谁还会说，这个岛是一座岛，而这个“他”是一种思想?

谁还会喋喋不休地说起这些，说“他”和“岛”是虚空中某种独自存在的思想且仍在那里延续；忽儿凝固于它自身的欲望——但它四周的空间却获得了生命；忽儿沉醉于漂泊——却在一个凝然不动的宇宙中。

留驻着的一切都在飞逝。但它们无时无刻不在拒绝：没有期待，没有冒险；

没有两重性，

没有双重的孤独

和麇集的孤独。

(…… 一个同样的思想，一个孤独的存在，却被一分为二：一半被奉献给漂泊—— 最好的一半？还是最坏的？——一半被允诺给石头。

全部希望汇集于那个不存在的点)

再多说一点儿——这并非自我放任。一个置于最脆弱的不确定性这一分割点上的思想，不再是两重性的。

只能谈它的否定性。

（一天，那座岛动身旅行。为了爱人，为了自己，它变身为远行。

在分隔开它们同时又联结起它们的那个无限中）

……它的这另一个自我的空白更白，在那儿，它书写着自己。

终极语词。

空间呵！那不可逾越的空间。

谁，那个盲目又惊奇连连的人，会说起分离就是那个被保存在宇宙之完满中的宇宙呢？

（在被联结打破的它未被满足的欲望中，一个不可分割的躯体之不可分离的部分——时时刻刻。

所有的距离都已征服；难道要全都跑上一遍）

在那儿，痛苦是孤独的，而爱是它自己焚毁的双翼。

谈起远古的期待；永恒是徒劳的，那里，除了内心的呼喊，一切无存。

二

随后是这个流亡得最远的“岛”，那里

波浪只是洪亮的不和谐喧响；迷醉的

语词，无目标地，迎面撞上

它们那些消逝了的字母。

盐的尘埃。
其他荒漠一一毕现。

圆的是大地，由于它不断地自转。
是塑造了它的虚空意欲它如此。
圆是耐心的果实。所有
行迹让位于曲线。
美丽的彩虹！

在名字向准予它使用之名开放的所在；
在色彩向彩色开放
并用尽自己的地方
我们是否永远是这跃起和跌落？
焚尽之后，虚空更其空虚。

随后，那漂泊将永远延续。
而迫切的需要是悲壮地了结它们。

三

一个闪亮在地平线上的点。我们知道在云的心中它就是个钉子尖吗？

（如同灯塔以光芒扫视海洋，目光在拥抱了宇宙之后，凝神于自己的秘密）

虚构的自由！漂泊者在其对道路的倚赖中，只能证明他的链锁。

用对自己说话这种孤独去连接起另一个人的孤独。

话语是脚步与墨水。

片刻的神离也许就足以淹没五大洲。

大海没有悔恨。

困境与麦穗。田野无非是因无度分娩而憔悴的土地。

旅行，我跟您说，就是在未知与死亡中的永恒旅程。

灵魂比世界更广袤。

我们便是这道裂缝。

四

（从这里，开始了这封宣告的、承诺的信。

那些有待于揭示、沟通的，我会写下它们、寄出它们吗？

空白的纸页上

我们关注的是：

同样的事）

记忆和手

（*1974—1980*）

从前，曾有一只手
引我们向生而去。

未来是否会有一只手
引我们向死而行？

一、关于双手

(*1975*)

对那些人……

一

对那些已被剥夺了生存权利的人，至少，还拥有一念之权。

……将是他们权利的一念。

整个早上都握在双手中。

…… 与白昼同燃的双手。

夜，也许就是我们耗尽的双手。
当然，不当将阴影误认作灰烬；
——可谁又能说清？
难道夜不同时是火的序曲又是
它的终结？

你不再有手。你睡了。

我们因自己的手而死。

（我们死于无手）

二

词将手从造出词的那只手中
分离出来。

写出这本书，只需一只手。

…… 取代了这只手的位置的那只手，
词指明它的归属。

三

消亡的声音中，有许多声音。

无因的沉默。

手只懂得沉默；只懂得那只手。

四

被爱抚的肉体使手打开。握紧的拳头里没有爱抚；也没有笔。

——笔使手半开半闭。

手向着词敞开，向着距离敞开。

五

笔是短剑。手拔出血：

流血吧。

一个人写作是用混合着他的血的

词之血在写吗？

六

有手的季节，一如有爱的
季节——或死亡的季节。

（手手相传）

七

（手是那将要来到的。）

八

被自己的饥饿抓牢的手。

九

沉重的负担。

那书，已然。

十

隧道

（不可见的行程。）

十一

宇宙横贯手掌，倾入
深渊。

地平线被剥夺了天空，
那是尽头。

十二

夜茕茕孑立。

（荡荡星空之书已死。）

十三

所有的光都曾是尘埃之光。

…… 一切重又化作光之尘。

被揭去面具的手

一

孕育出另一个太阳的
一夜。

二

失明者可知
沦为永夜的
最初快乐？

三

“有个太阳在我们体内”，一位哲人曾说，“清晨无从察知它，它却用我的生命造出了一个永恒清晨”。

四

哲人还说：“透明从没有被揭去过面具，哪怕一次。”

半张开，我的手

半张开，
我的手
不感到疲惫。
符号及其声音
想强行突入
这向笔承诺的
狭小空间。
很快，呼吸
不再。
手崩塌
于纸页上。
命中注定。

（他说：“从右到左或从左到右又有什么不同。

手只沿着从生耗向死，自晨熄于昏的方向书写。”

他又说：“昼与夜，是一只手的两极。”）

附：1987 年初版原诗

半张开，我的手

半张开，
我的手
不感到疲惫。
整个天空，连同语词
想强行突入
我的笔分离出的
这过小的空间。
有朝一日，呼吸
不再。
手崩塌
于命定的纸页上。

（他说："从右到左或从左到右又有什么不同。
手只沿着从生耗向死，自晨熄于昏的方向书写。"

他又说：“昼与夜，是一只手的两极。”

沉默里孕育着那只手，如虚空会产出一世界。）

总是这个形象

总是这个形象
手抵前额，
书写复归
思考。

像鸟儿在巢，
我的头歇于我手。
只要世间并非处处荒漠，
林树就有理由行其祝祷。

作为死的永生。
沙是我们那份
继承来的疯狂。

愿这只手——
精神藏身之所，
握满种子。

明日是另一词。

你可知我们的指甲

曾是眼泪？
我们用孩童之心般
变硬的哭号抓墙抵壁。

世界溺毙于血之后
拯救永不会再有。
只有靠自己的双臂
泅水，再次与死亡相会。

（海域以远，浪尖之上，
是未被发现的微芥行星，
手手相连，浑圆的满满的手，
逸出引力之外）

当记忆还回我手，
爱终将知其年岁？

分享一个古老秘密的幸福。
初始那词的希望
仍攀牢于宇宙；
手中，那张揉皱的纸页。

时光只留待醒来。

二、血洗不了血

（*1976—1980*）

同样的伤口上温柔的手……

一

书之外，
同样的伤口上温柔的手。

在每一页上，他的手；
在每个时代；

同样
在每一阴影中：
有我的手的影子。

二

你的手在我的手上，
影子的温暖厚度。

三

为了浇灌死亡
那么多眼泪在一只手中。

四

墓碑。

一只手，从虚无中出现，

立于我们墓前。

泪水的纯洁。

尸身的不洁。

五

手抵着手。

全部生命——呵，这血！——

从一只张开的手里滴落。

六

手指分开的手，

我们的死亡之太阳。

天空，今天

比第一个清晨更蓝。

七

大大地，张开，你的手。

这种开启便是拯救。

天空恰在大地之上。

我们在虚空中移行。

每走一步便推倒一堵墙。

水

从前，有水。

此后，有水；

其间，总有水。

——湖水？

——河水？

——海水？

水中从来有水

水从来作为水存在。

但是它是不再有水的水；

但是它是在水的死亡记忆里的水。

它活在活着的死亡里，

在水的回忆与忘却之间，

在

干涸与干涸之间。

水流入：

庆典。

水安身

并流出：

肥沃。

水永远作为水存在。

水永远在水中。

富饶。

——荒漠曾经是我的大地。

现在是我的远行，

我的漂泊。

永远在两道地平线之间；

在地平线与

地平线的召唤之间。

边境线以外。

在难以消解的干渴里

沙像水一样闪光。

折磨来自于黑夜令它睡去。

我们步履下奔溅着干渴。

缺席。

——湖水？

——河水？

——海水？

将临，很快，那雨，

为洗濯死者们的灵魂。

被献祭的树之清晨，

请让那些焚身的幽灵通过。

烟。烟。

（从前的哭喊化作果实，

花朵，

树叶

和托住它们的挺立枝条 ）

对每一枝条，它是地平线。

对每一花朵，每一果实，

它是季候。

对树叶，它是喜好。

天空俯瞰大地。

书写就是倾泻语词
去浇灌土地。
所有的语句，雨水造就
光芒造就。

我书写荒漠。
如此强劲的是光
自雨中挥发的光。

我行经之处
无他，唯沙。

洞

……一个点是什么，如果不是那个一切之终结的、令人眩晕的洞？

——可见的入口。

（他说那个点曾经是一只迷恋自己的手，时光在将其永久凝固前曾将它磨圆抛光。

……那个点不过是大路上一个小小的红色斑点；
可那天早上，是谁在以其火花与太阳争辉？）

一

在一切的极限处，是点。

二

“一个微光闪烁的点指引我们走向死亡，仿佛死亡是我们的天空”，他说。

一切之终结的无限中的极限。

三

虚空，虚空永久在此。

墓碑，I

清晨，所有的钻石。

黑夜的财产被褫夺。

贫穷许是它的宿命。

幽灵独自留痕于途。

呵，完满！一颗星

在我们死者眼中长眠。

墓碑，II

（他说——可在向谁说呢？
“在你们袒露的躯体上，呵，兄弟们，光芒
无非是血红孕育出的铁。”）

（她对他说：
“曾有一片晴空
以那手作其边界。
暴力，盲目的暴力。”）

“哪一个深秋会为那么多的爱
自豪？
又有哪一个最后的季节容得下
如许多的灰烬？”路人说。

墓碑，III

晨曦，什么奇怪的声音
在四下探看，悄然渗入？
童年无须告解。

推倒的墓碑

“世界的夜与光
源自同一场
谋杀”，他曾说。

骇人的深邃。
太阳是它的人质。

出土的墓碑

徒劳地，你将双手掩埋进你躯体的玫瑰之夜。

小姑娘，小姑娘，漫天云霞，哪一朵将它告诉了你。

血洗不了血。

召　唤

（*1985—1988*）

当下的脸。往昔的脸。

一领纱隔开它们。一袭濡湿帘幕。

眼中依然模糊，只因一滴古老的泪。

阴郁。凄婉。

我们将死于征服我们之物。

“他有千百件事要说……”

他觉得，他有千百件事
要说给
这些什么也不说的语词；
它们等待着，队列整齐；
要说给这些隐秘的语词。
它们既无命运，又无往昔。
而这带给他无尽的困扰；
因为他自己，再没有什么
要说。
早已。没有。

“找找我的名字吧……”

找找我的名字吧，在文选中。
你会找到，又找不到。
找找我的名字吧，在辞典中。
你会找到，又找不到。
找找我的名字吧，在百科全书中。
你会找到，又找不到。
没什么关系。我有过一个名字吗？
同样，当我死去，请别在
墓地里找我的名字
也别去其他地方找。
今天，请勿再烦扰那个
已不能回应召唤的人了。